「んっ、は……っ」聡の膝がガクガク震えたが、健一はやめなかった。執拗に舌を這わせ、外側も内側も舐め尽くす。

（本文より抜粋）

DARIA BUNKO

# 愛淫堕ち —若頭に仕込まれて—

高月紅葉

ILLUSTRATION Ciel

ILLUSTRATION
Ciel

CONTENTS

# 愛淫堕ち　―若頭に仕込まれて―

# 【1】

その土曜日も、いつもと変わらない忙しさだった。

駅から、ほどほどに離れた全国チェーンの居酒屋は、開店した夕方から次第に混み始め、終電間近になってようやく客が減る。

暇になると思うのは大間違いだ。やがて終電を逃した客が増え、最終的には泥酔客の対応に追われる。

午前五時。睡魔と闘いつつ閉店を迎えた聡《さとし》は、ふらふらと更衣室へ入った。

すでに着替え終わっているアルバイト仲間と気安い挨拶《あいさつ》を交わし、ロッカーの鍵を開ける。

支給品のユニフォームを脱いだ聡の耳に、仲間たちの会話が聞こえてきた。

「え。マジで……？　俺、三万貸してたんだけど！」

「それ、返ってこないな」

「マジかよ。冗談じゃねぇし！」

パイプ椅子《いす》に座っていたひとりが、舌打ちして頭を抱える。会話の相手は煙草《タバコ》をふかした。

「だってさ、電話も繋《つな》がらないって、チーフが言ってたし。家も引っ越してるらしいよ」

「ミカちゃんにも言ってなかったって話だろ」

フロアから戻ったばかりのアルバイトが話に加わる。

「え。あそこ、付き合ってたの？」

「そのはずだったんだけどなぁ。ボロ泣きしてたよ、昨日。まー、借金で飛ぶような人と別れられて、よかったんじゃないかと思うけどな」

話を聞いていた聡は、シャツのボタンを留めながら、ひとりの女の子を思い出した。

ミカは、女子アルバイトの中で中堅レベルにかわいい。確かに山本《やまもと》とは親しげだった。

「いまの話って、山本さんのこと？」

ロッカーの扉を半分閉めて顔を出す。

同じ大学の、ふたつ上の先輩。就職浪人になったあとは、ズルズルとフリーターの道を歩んでいた。

聡の問いに、たむろしていた数人が一斉に振り向く。

「何？　おまえも金貸したクチ？」

「ゴシュウショーさまぁ」

ふざけたような物言いだったが、それぞれが顔を歪《ゆが》めている。言葉にならない同情を含んだ声が、右耳から左耳へと流れていく。

聡の頭の中に、ひとつの記憶が浮かんだ。

先月、山本に土下座され、借用書の保証人欄に判を押した。

そのことが、おぼろげに甦《よみがえ》る。金額は五十万円だ。コンパで知り合った女の子を妊娠させてしまい、慰謝料と処置代を大急ぎで用意しなければならない、という話だった。

もちろん信じたし、疑わなかった。借用書と共に現れた男はにこやかで、形だけの書類だから心配ないと言ったのだ。

「大丈夫か、竹成《たけなり》」

アルバイト仲間が、心配そうに眉《まゆ》をひそめる。

「んー。俺にとっては大金だったから……。ショック過ぎるし、帰る」

苦笑いしながら背を向けた。ロッカーの扉を閉めて、鍵をかける。心臓がドクドクと音を立て、手のひらに嫌な汗を掻《か》く。

形だけと言われたことを、信じたわけじゃない。山本に懇願《こんがん》されて断れなかったのは、恩があったからだ。

大学二年のとき、自転車で人身事故を起こした聡を見かね、山本は学生ローンで慰謝料の十万円を借りてくれた。利子は出世払いでいいと言われ、本当に月に一万円ずつの返済で終わったのだ。

借用書を前に、恩を返すのはいまだと言われたとき、聡は漠然とした不満を覚えた。立て替えてもらった利子よりもずっと金額が高かったからだ。

いくら何でも不公平だと思ったが、浅からぬ付き合いで山本の性格はわかっていた。恋人と別れるときや、浮気がバレたとき、都合が悪くなるといつも聡の名前を持ち出した。

激昂《げっこう》した相手に聡が責められたこともある。山本はいつもヘラヘラと笑い、俺とおまえの仲だと肩を抱いてきた。

数万円の利子と引き換えに都合よく利用されても縁を切らなかったのは、情報通な山本といることで助かる場面も多かったからだ。

不満と利益を秤《はかり》にかければ、いつも山本が勝《か》った。だから、借用書へのサインも拒絶することができなかった。

いまさらになって悔やまれたが、手書きの借用書に何が書かれていたのか、聡はもうすっかり忘れてしまっていた。控えは、借金をした山本の手元にある。

夜勤明けのふらふらとした足取りで、雑居ビルのエレベーターに乗り込む。磨り模様の入った鏡面の壁に、ヒゲもろくに生えない薄味な造りの顔が歪んで映る。

エレベーターはガクンと大きく揺れてから、一階まで降りていく。

こういうとき、相談する相手が聡にはいなかった。

両親は離婚していて、実母の行方《ゆくえ》は知れない。聡を引き取った父親はすぐに若い女と再婚し、一回りほど年の離れた妹が、立て続けにふたり生まれた。

継母《ままはは》との折り合いは悪く、生活費を自分で払うという約束で都内の大学へ進学したのだ。父親に相談しても、彼女の知るところになる。言外に責める女のため息は聞きたくないし、父親にも肩身の狭《せま》い思いをさせたくなかった。

山本に助けられた人身事故のときと同じだ。自分だけでどうにかしようと思い、目先の問題をやり過ごすことに必死になってしまう。結局は損をするのが、そのときにはわからない。選択肢がほかにないのだ。

でも、今回ばかりは、べつの相談相手を探さなければいけない。

エレベーターの中で、まんじりともせずにくちびるを引き結び、聡は考えた。

アルバイト先のチーフに相談するか。それとも、大学の学生課に相談するか。そのどちらもせずに、山本からの連絡を待つのか。とりとめなく考えながら、エレベーターを降りる。

ビルの外へ出ると、うっすらと夜が明けていた。初夏の空に、白い雲が味気なく広がっている。梅雨の合い間の晴れ空だ。

夜の喧騒が去った街は道路の隅が薄汚れて見え、化けの皮が剥《は》がれたように白々しい。物悲しさを感じながら、自転車置き場へ向かった。借用書の保証人になっている事実が、胃の奥を重たくさせる。

聡の足は、角を曲がったところで止まった。

朝の光も差し込まない暗がりの中に、数人の男が固まっている。煙草の火が静かに点滅して、煙が細くたなびく。それはひとつじゃなかった。

聡の肌に、ぞくっと震えが走った。鳥肌が立つ。

「あー、来た来た」

「竹成聡くんだよねぇ。おはよーございます」

　ジャケットを着た男がふたり、くわえていた煙草を投げ捨てた。軽い口調だが、年齢は三十代に見える。落ちた煙草を足でにじり消すのは彼らではなく、後ろに控えていたTシャツ姿の若い男だ。ほかにも、目つきの悪い男がふたり、煙草をくわえたままでしゃがんでいる。

「山本くんとは知り合いだよねぇ」

　煙草を投げ捨てたうちのひとりが、ジャケットの内ポケットから紙を取り出す。突きつけられたのは、まさしく、内容が思い出せずにいた借用書だった。

「な、何ですか」

　あとずさった瞬間、誰かに背中を押される。飛び上がって振り向くと、まったく別の男が立っていた。

　ジャケットよりもかっちりとした縫製の、上下揃《そろ》いのスーツを着ている。

「山本くんが逃げちゃったってのは聞いてる？」

　暗がりで待っていた男たちよりもまともそうに見え、何倍も感じのいい男だ。七三で分けた前髪は、ソフトに撫《な》でつけてある。

　雰囲気こそいいものの、シャツとネクタイのダークカラーな取り合わせが、サラリーマンに見えない。

「困ってるんだよね。一度も返済がなくて。君は、ほら、ここにサインしてるだろ？」

柔らかく微笑《ほほえ》んでいるように見えたが、目元は微塵《みじん》も笑っていない。くちびるが柔らかな曲線を描いているだけだ。

「代わりに返す義務がある」

あくびを噛み殺して言ったのは、ジャケット男の片割れだ。

「……五十万なんて、用意できません」

はっきり答えたつもりだったが、思うよりも声が出なかった。男たちはじりじりと近づいてきて、聡を取り囲む。

「何、言ってんの？　返すのは五百万だよ」

借用書を手にしたジャケットの男が、片頬《かたほほ》を歪めた。

「は？」

目を丸くした聡は、突きつけられた借用書を前のめりに凝視する。文字を読んで理解する前に、男が言った。

「無利息返済の期日は二日前。それを過ぎたら、いままでの利子を加算して請求。ね？　ちゃんと書いてあるだろう」

「そんなの、おかしぃ！」

両足を踏ん張って叫ぶ。不当な利息は支払う必要がないことぐらい、聡にもわかっている。闇金融を扱ったマンガで読んだことがあった。

「そう言われてもねぇ。君も、サインしてるじゃない」

「そんなことが書いてあったら、サインなんかしません！」

「ふぅん、そう……」

ジャケットの男たちは、互いに目配せをしてうなずき合う。

聡は興奮したまま肩を上下させた。顔が薄味なせいで、おとなしそうだ、気弱そうだと思われているが、見た目ほど打たれ弱くはない。

トラブル回避能力が無駄に高いから、空気を読んでしまうだけだ。山本との付き合いで都合よく扱われて笑っていたのも、そうしていれば生活が平穏だったからで、心の中まで卑屈《ひくつ》になったことはない。

「じゃあ、事務所でよく話し合おうか」

借用書を持っていないジャケット男が、気怠《けだる》げに口を開いた。

「冗談じゃないです。嫌です」

聡は慌《あわ》てて首を振る。男たちの足元を見渡し、逃げ道を探した。

ずっとしゃがんだままだった強面《こわもて》のふたりが立ち上がり、あとずさることもできない聡の腕を左右から掴《つか》んだ。

「いやぁ、思いのほか、きれいな顔をしてるよね」

借用書を内ポケットへ隠した男が、ニヤニヤ笑いながら近づいてくる。

「就職、決まってるんでしょ。素直にしてれば、内定が取り消されるようなことはしないから。……ね？」

男に呼びかけられ、もうひとりのジャケット男が答える。

「まぁ、君次第でね、返済金に足を出すこともできるよ。よかったな、金になる『身体』して て」

投げやりに言われ、聡はぞっとした。首の後ろに震えが走り、胃の奥がきゅうっと苦しくなる。

「い、意味がっ！　わからないんですけどっ！　離して、ください！」

恐怖に息が切れて、叫び声も小さくなってしまう。もがいても無駄だった。

自分を取り囲む借金取りたちが、ごく普通の社会人であるはずがない。チンピラか、ヤクザか。どちらにしても、穏便には済まされないと想像できる。

男ふたりに押さえられた肩は、少し抵抗しただけでもはずれそうに痛み、聡は逃げられないことに絶望した。

引きずられるようにして路地を連れ出され、通りに待ち構えていた軽自動車へ押し込まれる。どこにでもあるような、若者仕様の明るい色だ。犯罪を連想させる白いワンボックスカーではなかった。

車はすぐに走り出し、三分も経たないうちに繁華街のはずれで停まった。行き先のわからない聡にとっては長い時間に思え、身体が不安と恐ろしさで硬直する。乗せられたとき同様、乱暴に降ろされ、よろけながら外へ出た。軽自動車の後ろにセダンが停まる。大人数の彼らは二台に分乗していた。

コンクリートに白けた朝の光が差し、その一瞬だけ、やけにリアルだと聡は思う。これは夢じゃない。現実だ。

新たな恐怖を感じた聡を逃がすまいと、男たちが両脇から腕を掴んでくる。そのままエレベーターに乗り、雑居ビルの三階へ連れていかれた。どこもかしこも古い建物だ。

廊下の片側は壁で、もう片方に味気ない鉄製のドアが並んでいる。聡を挟んでいた男たちは、一歩、前へ出るようにして聡を引っ張った。後ろからも別の男が追い立ててくる。

視界が阻《はば》まれ、得られる情報はない。男たちの乱暴な足音からは、早朝の仕事を切りあげたがっている気配がして、聡はただただ怯《おび》えるばかりだ。

前から引っ張られ、後ろから押されて足がもつれる。そのまま、奥まった部屋の中へ転がり込んだ。

崩れ落ちた体勢を整える間もなく、首根っこを掴まれる。ついたての向こうへ連れていかれた。乱暴に放り投げられた先には、合皮のソファがあり、どさりと音を立てて倒れ込んだ。

「もう少し丁重に扱えよ。めったにない上玉だろうが」

ジャケットの男がへらへら笑いながら向かいに座った。軽薄で信用ならない。

彼が借用書を突きつけてきた男だったかどうか、聡には判別が付かない。人の顔を判別する余裕もなかった。

かすかに震える息を繰り返して部屋を見渡す。ふたりいたはずのジャケットの男はひとりだけになっていた。

強面の二人組は聡の後ろに立ち、下っ端の若い男がそそくさと消えていく。

簡素な事務所だった。壁際にキャビネットが置かれ、デスクが四つ並んで島を形成している。部屋の奥には重役用の大きなデスクが置かれていた。

「さてと、竹成くん」

声を出したのは、スーツの男だ。ジャケットの男が横にずれると、空いた場所に腰掛けた。

「ビジネスの話だよ。君が肩代わりすることになった五百万。すぐに用意できそう？　親に泣きつけるなら、それで手を打ってもいいよ」

前のめりの体勢で指を組み合わせた男の声は、静かだが威圧感がある。聡はうつむいたまま顔が上げられず、

「……無理です」

と、震えながら答えた。

「じゃあ、君自身が返すってことでいいよね」

「これ、違法ですよね。五十万が一ヶ月で五百万って……」

言い訳のような口調で、聡はぼそぼそと言った。後ろに並んだ男たちの嘲笑《ちょうしょう》がやけに大きく聞こえ、息が詰まる。

「そもそも、俺たちの商売じゃないんだよね。金貸しは。山本くんを信用して貸した人は別にいるんだよ。でも、彼は逃げちゃっただろう？　だから、俺らは取り立てを頼まれただけ。わかるかな？」

問われても、うなずくことができない。まるで考えられなかった。

「……五十万ってさ、大金だと思わない？　君はいますぐ用意できる？　できないよね。それを貸すとき、もしものときはゼロひとつ増えるよって念を押すことはそんなに変かな？　変じゃないよね。一ヶ月間は無利子だったわけだしね」

男の声はさらさらと流れる。ふいに眠気を感じた聡は、顔をしかめた。こんなときに、と思ったが、緊張はすでに限界を超えている。

ぼんやりしながらスーツの男を見ると、相手は困ったように片頬で笑い、すぐに真剣な表情でうなずいた。

「確かに、五百万はないよね。わかるよ、うん……。でも貸した人の気持ちになったらさ、善意を踏みにじられたわけだし、五十万渡してそれでいいってこともないでしょ。どうする？　どっちにしたって五十万にイロはつけないと。それをすぐに返すとして、お金を借りられるカードとか持ってる？　貯金は？」

「……ないです」

「クレジットカードも作らない主義か。じゃあ、学生ローンで借りるか、ローンカードを作るか。……竹成くん。ひとつ言っておくとね、相手はヤクザだよ。さっさと返さないと、ひどいことになるってわかるよね？　俺たちみたいな『子どもの使い』じゃない。……追い込みの嫌がらせはさ、そりゃ壮絶だよ。内定の取り消しぐらいで済むわけないよね。君のご両親、それから妹さんたちだってね、嫌な思いをするだろうね……。金を渡して、それで気が済むかどうかは、もう向こう次第だろ？　俺はね、せめて半分はいますぐ払うべきだと思うな。そうすれば、誰にも知られずに終わるよ」

「……そんな」

　夜通しのアルバイト疲れが、じわじわと聡を搦《から》め捕《と》る。

「ずいぶん眠たそうだな。……水、持ってきてやって」

　男の声に応じて水が届く。持ってきたのは、奥に消えていた若い男だ。聡の前に置かれたのは、清潔そうなブルーのグラスだった。

「さぁ、飲んで。無理矢理に連れてきて悪かったね。さっき、もうひとり、ジャケットを着た男がいただろう？　あいつは金を貸したヤクザ側の男でね。俺が話をつけて、五百万の半分で済むようにしてあげるからさ」

　秘密だと言いたげに声をひそめた男がふわりと微笑む。聡はグラスへ手を伸ばした。

口元へ近づけると、淡いレモンの香りがする。喉越《のどご》しも爽《さわ》やかなハーブ水だ。ほどよく冷えている。一気にごくごくと飲みきった。

「五十万を、五百万の半分にするのも納得できないんだろう？　よくわかる。だけどね、どこで借りても、利子はつくし、カードローンも金利が高い。金を借りるってそういうことなんだよね。……そこで、俺からの提案なんだけど。バイトしたらどうかな」

「バイト、ですか」

「そうそう。先方には俺が二百五十万を肩代わりして払う。それを働いて返してくれればいい。時給は払うよ。二時間で五千円」

「え！　二時間で？」

グラスを手にしたまま、聡は顔を跳ね上げた。スーツの男は目を細めて微笑む。

「時給なら、二千五百円」

「……でも」

そんな高収入なアルバイトなんてあるだろうか。

「法には触れないから大丈夫。ただ、風俗系なんだよね」

「フーゾク？」

言われても、ピンと来ない。女ならともかく、男で風俗なんて想像もつかない。

風俗店でボーイでもするのかもしれない。そう思った聡に対して、男は微笑んだまま言った。

「デリヘルってわかるよね？　それの男の子バージョン。べつにスキルなんていらないから。呼ばれたら会いに行って、寝転んで気持ちよくなってれば終わる。客筋はいいから、安心して。……契約書あったか？」

男の声に応じて、強面のひとりが紙を持ってくる。ペンもテーブルへ載《の》せた。

「いや、俺……、あの」

「とりあえず、話だけ聞いてくれたらいいから」

そう言って、男は契約書の内容を読み始める。その間にも、聡の身体はぐらぐらと揺れた。後ろの男たちに支えられていないと止まらないほど激しくなる。

「わかったかな？　竹成くん」

「あ、はい……」

内容なんてろくに頭に入ってこない。でも、眠ってはいけない、返事をしなければいけない。その一心で返事をした。

「じゃあ、サインしてくれる？　ハンコは拇印《ぼいん》でね。そうそう、そこね。これでお金のことは心配ないからね。とりあえず、このまま実習に入ろうか」

「すみません、すごく……眠くって……」

「あぁ、大丈夫？　じゃあ、起きてから、また話そう」

チンピラの手が肩からはずれ、聡はソファの背もたれに沈み込む。身体はそのままずるずると座面に崩れ落ちた。


夢を見ていた。それが夢だとわかるのは、もう何度も迷い込んだ世界だからだ。

夕暮れの静かな境内《けいだい》。くすんだ赤がものさびしい鳥居の向こうは長い石段だ。小さな本殿の前に座れば、夕焼けが眺められる。

そこで、聡が見るのは白く濁った煙だ。薄暗い鎮守の森の木の葉を背景にして、細くたなびく紫煙はするすると伸びていく。

『さっさと帰れよ。クソガキ』

若い男の声が苛立《いらだ》ってつぶやく。伸ばした髪が肩につき、掻き上げるたびに毛先が跳ねる。

お互いに居場所がないことは知っていた。突き放した言葉を口にしても、男は夕暮れになれば、ここへ来る。ふたりは並んで、空を眺め続ける。

『ミチ兄。煙草って美味《おい》しい？　僕も吸ってみたい』

手を伸ばした聡は、自分の腕に残るあざに気づく。

殴られて蹴られて、突き飛ばされてできた、大小さまざまな、いくつもの痕《あと》だ。ほんの瞬間だけ笑ってくれる母親の顔が、あざに重なって脳裏をよぎる。

煙草を片手に振り向いたミチ兄が、くちびるの端を曲げた。

そうやって笑った直後、思いっきり突き飛ばされる。幼い聡は、あっけなく階段から転がり落ちた。

痛いと泣くことはない。賽銭箱《さいせんばこ》でぶつけた頭をさすりながら見上げる。その先で、ちらりとも振り向かない男が、美味しくなさそうに煙を吐き出す。

白いもやは、溶けた心のようだ。胸の中で粉々に割れて、ドロドロに溶けて、そして煙草の煙に混じって吐き出される。

そうして人の心は失われていくのかと思う。ひどく楽天的に感じられ、聡は自分の胸にぎゅっと拳《こぶし》を押しつけた。

小さな手は、何もできない未熟者の証しだ。辛くて切なくて、息が苦しくなってくる。

ミチ兄は優しくない。気まぐれで、乱暴者だ。

それでも、感情に任せて聡を叩《たた》いたりはしない。

近づいても、隣に座っても、無視されることはない。ときどき、面倒そうに突き飛ばすのがせいぜいだ。聡にとって、それは暴力じゃなかった。

『ミチ兄』

呼びかけても、彼が振り向くことはない。なのに、聡の心は柔らかく満たされていく。

しつこく煙草を欲しがれば、根負けした目が蔑《さげす》むように向けられる。そして、煙草の匂《にお》いが染みついた爪の先が、聡のくちびるを押す。

そのとき、すべての記憶は色をなくし、音をなくし、ふたりだけの世界で、ミチ兄の暗く淀んだ表情しか見えなくなる。

この記憶だけが支えだからと、聡は夢の中で繰り返した。誰に言うともなく繰り返す。

『これが、今度のか』

不満げな男の声が割って入り、夢と現実が交錯した。眠っていることを思い出したが、なかなか浮上できない。

『深夜シフト明けなので、眠剤にも警戒心がなくて……。報告よりは小ぎれいで安心しました』

『おぼこい顔してんな。おっさんたちがよだれ垂らして喜びそうだ。契約は？』

『書類は取りました。このまま、仕込みを録画して、店に出します。どうしたんですか』

たゆたうような感覚の中で、遠い会話は続けられる。

『どうしたもこうしたもねぇよ』

低い男の声は不機嫌でトゲトゲしい。

『また嫌がらせですか。昨日は確か』

『そうだ。接待飲みだよ。あのクソヤクザ、しこたま飲ませやがって』

話し声と共に、聡の身体がガクガクと揺さぶられた。

びくっと震えて、意識が戻る。泥沼に沈んだような倦怠感《けんたいかん》から、無理矢理に引き起こされた。

「乱暴しないでくださいよ、社長」

「おい、おまえ。起きろよ。起きろって言ってんだろ」

　ゆさゆさと頭が揺れ動く。髪を鷲掴《わしづか》みにされている痛みに、聡は手を伸ばした。薄目を開き、煙草臭い手を振り払う。

「起きたか。あー、なるほど。いい顔してんな。不幸がべったり染みついてる」

　見知らぬ男から、憐れむような目で見られ、叩き起こされたばかりの聡はまぶたをパチパチと動かした。

　夢から醒めきらないのは、煙草の匂いのせいだ。

　ここが神社の境内でないことはわかっている。見知らぬ場所だった。薄汚れた天井の、小さな事務所。なぜこんなところで目覚めたのか、すぐには思い出せない。

「うちで働くんだって？」

　煙草の匂いをさせた男が口を開いた。黒いシャツの胸元をはだけさせ、髪をソフトに撫で上げている。三十代前半だろうが、カサカサとざらつく渋みがあった。

　聡を映す瞳に、憐憫《れんびん》の色はない。ただ、冷たく空虚な視線で値踏みされた。

「社長の塩垣《しおがき》だ」

　そう自己紹介されたが、まるで『社長』には見えない。ヤクザの幹部だと言われた方が納得できる。鋭く荒んだ顔つきだ。

「下は確認したか」

「いえ、いまからです」

塩垣と名乗った男と並んで立っていたスーツの男は、いきなり聡のジーンズへ手を伸ばした。ぽかんと目で追ったが、ボタンをはずされて息を呑《の》んだ。

逃げようとした肩を後ろから掴まれ、ソファに引き倒された。控えていた強面の男たちに押さえつけられる。

聡は喚《わめ》いた。必死になって身をよじり、足をばたつかせる。

スーツの男は平然とした顔でジーンズを下着ごとずらした。

「ひっ！」

剥《む》き出しになった股間を塩垣が鷲掴みにする。まるで髪を握るような乱暴さだ。聡は悲鳴を詰まらせた。

「坊や。あんまり手間をかけさせるなよ。実習があるって言われなかったか？　客に出す前に身体検査するのは、必要なことだ。なぁ、そうだろう」

塩垣の指から、ふっと力が抜ける。思わぬ淫《みだ》らさでうごめき、寝起きの生理現象を催していた聡の股間を根元からなぞり上げた。

「んっ……」

指の輪にしごかれ、息をひそめる。ぞくぞくっと震えた聡は、ぎゅっと強く目を閉じた。

「見られて勃《た》ってんのか。バッキバキじゃねぇか。イマドキのガキはやらしくてしょうがねぇな」

「あっ、く……っ。やめ……っ」

「やめていいのか。こんなに、なってるのに」

きゅっきゅっと手筒で搾《しぼ》られ、血液の集まった股間が跳ねる。チンピラのひとりから無理矢理に頭を起こされ、聡は自分の下半身を見た。

男たちの視線も同じ場所に集まっている。おぞましさを感じ、愕然《がくぜん》とした。

山本の借金と、取り立て屋のことを思い出し、記憶の点と点が繋がる。金を返すために風俗アルバイトをさせられるのだと理解した。

「こんな、の……ちがっ」

先走りで先端をテラテラと光らせた性器は、塩垣の指使いに焦《じ》らされている。

「い、いやだ……っ」

歪めた顔を左右に振った。抵抗する余裕もなく、的確な快感に呑まれそうになる。

アルバイトに明け暮れ、単位を落とすまいと必死だった聡は、性欲がほとんどない。自慰も好きではなく、必要に迫られて処理するだけの行為だ。射精したあとはいつも、空《むな》しさばかりが胸に募る。

なのに、ヤクザめいた男の手慣れた刺激に反応してしまう。先走りをぬるぬると塗り広げられ、膨《ふく》らんだ亀頭を手のひらで揉《も》みくちゃにされる。ニチャニチャと淫靡《いんび》な音が立ち、息がいっそう乱れた。

「あーぁ。イッちゃいそうになってんじゃん。早いなぁ」

「そりゃ、社長にしごかれたらイチコロだろ」

強面のチンピラたちから蔑むような声を浴びせられ、聡は拳をぎゅっと握りしめる。くちびるを引き結んだが、欲望を萎《な》えさせることはできなかった。

亀頭の境い目を指の輪で何度も擦《こす》られると、声を出すまいとする聡の鼻息は荒くなる。反応を拒む身体は硬直する一方だったが、揺れ動く陰茎は男の指から飛び出すように跳ねる。

強面のチンピラたちが一斉に笑い、屈辱を感じた聡は奥歯を噛んだ。

しかし、声はこらえがたく、くちびるを開くと勝手に息が漏れた。

「……んっ、はっ……ぁ。やめ……ッ」

太ももの内側がぞわぞわとして、聡は喉をさらしてのけぞる。そうしないと、もう息が吸えない。

苦しくて苦しくて、声が出したくなる。射精を我慢するたびに、皮膚《ひふ》の内側が痺《しび》れ、下腹部の奥が熱くたぎった。

限界を感じた聡は視線をさまよわせ、達することのできない辛さを訴えようと塩垣を見た。

向こうも聡を見ている。

でも、そこに感情はなかった。

面白がるでもなく、いたぶることに悦を得るでもない。あるのは、虚無だ。そして、尖《とが》りきった憎しみ。

ナイフを突きつけられるような恐怖を感じ、聡の心は冷えた。でも、身体は裏腹に最後を迎える。

「あっ、あっ……っ」

聡が見えている前で、股間の屹立《きつりつ》は勢い良くしごき立てられる。こらえがまるで効《き》かなくなり、白濁した液体がぴゅるっと噴き出した。

先端は聡に向かっていて、思わず目を閉じた顔に生ぬるい体液が飛びかかってくる。

「おー、飛ぶ飛ぶ」

「セルフ顔射～」

チンピラたちに囃《はや》され、聡は呆然《ぼうぜん》とした。射精のあとにやってくる虚無感さえ、いまは遠い。何かを考えれば傷ついてしまう。だから自衛を働かせて、震える呼吸だけを繰り返す。

「目を閉じてなよ」

声をかけてきたのは、スーツの男だ。顔を拭われ、閉じたまぶたの裏側に涙がじわりと浮かぶ。

「は、離して……くだ、さ」

こんなにひどい扱いを受けるのは、生まれて初めてだった。

酒乱の母親に追い回され、父親からは腫《は》れもののように扱われたが、聡の自尊心が傷ついたことはない。継母から無視されていたときも同じだ。

楽しいことより辛いことの方が多くても、心が壊れる思いはしなかった。でも、いまは違う。望んでいない射精を強要され、動揺が胸に広がる。やがて、刺激に勝てない男の性にうちひしがれた。

好きでもない相手の行為でも、興奮を得てしまうことへの虚《むな》しさが溢《あふ》れ、性的な暴力を受けたのだと気づいた聡は驚愕《きょうがく》した。男の自分が、と思う。

その直後、

「おい、一発目は俺がやるぞ」

塩垣が宣言した。動揺したのは、ソファの周りの男たちだ。

「社長、また突きあげられたってさ。発散したいんだろ」

スーツの男が早口に言う。チンピラたちは納得したようだが、聡にはまるで理解できない。

薄く目を開き、怯えきって振り向いた。

社長の塩垣を相手に、スーツの男は姿勢を正していた。

「いつもの場所に移動します」

「ビデオは回すなよ」

「もちろんです。代わりに、あとで輪姦撮影でもしときます」

男の言葉に、聡はぎょっとする。

『りんかん』は『林間』と脳内変換されたが、『撮影』と結びつくとすぐに、いかがわしい字面に改まった。

「溜まりまくってる男を探しといてやるからな」

チンピラのひとりからさるぐつわを噛まされ、ジーンズを強引に引き上げられる。ファスナーは下りたまま、精液の飛んだカットソーもそのままだ。『りんかん』が『輪姦』だとわかったところで、抵抗する気力は湧《わ》かなかった。

手で無理矢理に射精させられ、聡は茫然自失《ぼうぜんじしつ》の体《てい》だ。すでに傷つき、思考は止まっていた。通学の電車内で痴漢《ちかん》に遭ったと泣いていた同級生の女子を思い出し、そういう行為にも先があるのだといまさら気づく。実際には行われていなくても、恐ろしく感じたときから、心は暴力を受けている。

息が苦しくなったが、誰も気遣ってはくれなかった。

社長とスーツの男が消え、聡は後ろ手に縛られ引き起こされる。

「こいつの顔、社長の好みなの？」

「社長はノンケだし、関係ないだろ」

聡を両側から拘束した強面のチンピラたちは、部屋を出ながら雑談を続ける。

「昨日は、ほら、定例の報告会だろ」

「あー。あれね。そりゃストレス溜まってるよな。吐くまで飲ませるって話だろ。うちの社長をあそこまでイビれるのは、組長とあの人ぐらいだ」

「その組長の代わりに行ってんだろ。なぁ、社長が来るまでさ、ちょっとぐらいいいよな」

「は？　やめとけ、すぐバレるぞ」

「べつにキスなんかしねぇんだから、くわえさせるぐらい、いいだろ。こいつさ、清潔そうな顔してんじゃん。歪んだときがたまらなくねぇ？　俺、さっきの見てたら勃起《ぼっき》した」

「はいはい、バカバカ。ほら、怯えてんじゃん」

聡の身体の硬直に気づき、ひとりが笑う。

「いまじゃなくてもいいだろ。どうせ、うちの店で働かせるんだから、毎日だって使える」

「まぁな」

事務所を出て、エレベーターへ乗る。ふいに顔を覗《のぞ》かれ、卑猥《ひわい》な目つきで尻を掴まれた。ジーンズ越しに指が食い込む。

「ようこそ、肉便所クラブへ」

「それ、言うな」

ふたりは、げらげらと下品に笑う。聡を間に挟《はさ》んだまま、蹴り合ってふざけ始める。流れ弾のような蹴りが当たり、聡は顔を歪めた。すると、下卑《げび》た顔つきのふたりは、いっそう大きく笑い声を立てる。

交互に覗き込んでくる目つきは、蟻《あり》をいたぶる子どものように無邪気で残酷だった。

がらんとした部屋には大きなベッドが置かれ、そのほかには木製のチェアがふたつあるだけだ。壁には、でこぼこした緩衝材が貼られている。防音のためなら貧相だ。

入るなり、強面のチンピラたちに服を剥がれた。

ユニットバスに連れていかれ、『興奮剤』と称するあやしげな錠剤を喉に押し込まれる。口から溢れるほどに水を飲まされ、ふたりがかりで押さえつけられた。男たちが言うところの『処置』を強要され、聡は泣きながらバスタブの端からトイレまでを往復した。

そのあとは、ユニットバスで身体を洗われる。ひとりから執拗《しつよう》に勃起した性器を押しつけられたが、外から眺める片割れの男はニヤニヤ笑うばかりで止めもしない。

胸に向かって射精されたが、すぐに跡形もなく洗い流される。あとはバスタオルを一枚渡され、ベッドのある部屋に押し込まれた。

「腹の中、からっぽにしてもらった？」

スーツの男が近づいてくる。名前は高橋《たかはし》というらしい。ジャケットを脱ぎ、ワイシャツ姿だ。悪びれる様子もなく、袖《そで》をまくる。

部屋には、すでに塩垣もいた。彼はもうシャツを腕まくりにしている。ベッドに腰掛け、煙草を吸っていた。

「……俺を、騙《だま》したんですか」

バカバカしいと思ったが、言わずにいられなかった。風俗でのアルバイトだとは聞いていたが、ビデオを撮られるとは思わなかった。アルバイトだと騙して、ビデオ出演もさせるつもりなのかもしれない。もしも彼らの言う通り、これが実習というものなら、腹の中をからっぽにする必要もないはずだ。

バスタオルを濡れた腰回りに巻きながら視線を伏せると、高橋の足先が床を叩いていた。苛立っているのかと思ったが、答える声は穏やかだ。

「金は払うよ。ビジネスだから」

「……撮影なんて、聞いてません」

聡は硬い声で言った。

「まぁ、質草《しちぐさ》ってところかな。君が警察へ逃げ込んだら売りに出す。データってのは、出回ったら回収は不可能だからね。わかるだろ？」

「俺、帰れるんですか」

「もちろん、殺したりはしないよ。一週間ほど拘束するけど。よければバイト先にも連絡は入れてあげる。親の振りしてね」

高橋の口調は立板に水だ。今度もするすると流れる。

どこまで本当なのかわからず、信用もできない。すべては嘘《うそ》で、また騙されているのかもしれなかった。それなのに、声色が温和で耳触りがいい分、反論できない。

騙された自分が、男たちにどう扱われるのか、それを口に出すこともはばかられる。想像もしたくない。

「男の経験はないのか。女は？」

背中へ声をかけてきたのは塩垣だ。いったい、どんな会社の『社長』なのか。荒んだ声を聞くだけで、聡の心は不安に苛《さいな》まれる。

「俺、ゲイじゃありません。女は、十八のときに」

身体ごと塩垣へ向き直った。

「何人」

「……三人」

とっさに嘘をついたが、すぐに見破られる。

「目が泳いでんじゃねぇか。よくてふたりだな。ひとりは初めてのカノジョで、もうひとりは股《また》のユルい年上オンナ。どっちも一度きり。どうだ」

ぴしゃりと言い当てられ、聡はぐっと押し黙った。塩垣が鼻で笑うと、

「あー、当たった？」

高橋も笑った。肩を抱き寄せられ、腰に巻いたバスタオルが剥がれる。

「あっ」

思わず股間を隠した。さっきからずっと半勃ちのままで、身体はじんわりと熱い。

「いい感じに効いてるなぁ。じゃあ、始めようか。君が社長を舐《な》めてる間に、俺が指でほぐすから。痛いの嫌だろう?」

バスタオルで聡の全身を拭われる。高橋の行為は、聡への優しさじゃない。『社長』の塩垣が濡れないように配慮しただけだ。

背中を押され、つんのめりながら前へ出た。のろのろ動くと、

「もたもたすんな!」

鋭い叱責《しっせき》が飛ぶ。冷たい目をした塩垣に睨《にら》まれ、聡は焦《あせ》った。せかせかと動き、ベッドの上であぐらを組んだ彼の前で身を屈《かが》める。

その瞬間、頭をぐっと押さえつけられた。煙草を片手に持つ塩垣ではなく、高橋の手だ。

「優しく調教されたきゃ、噛むなよ」

温和だった声に、影が生まれる。

「んっ、ぐっ……っ」

まだまだ大きくなりそうなモノで一気に喉まで突かれ、聡はのけぞる。同時に髪を掴んで引き上げられた。

「な? 苦しいだろ? こういう辛さを味わいたくなかったら、おとなしくしてろよ」

咳《せ》き込んだ耳元に、高橋が冷たい声でささやく。聡はこくこくとうなずいた。

「じゃあ、社長にご奉仕して。くちびるでしごいて、舌で舐める……。そうそう」

言われるままにくちびるを開いて先端を受け入れ、しっかり濡らしてから根元に舌を這《は》わせた。みっしりと生えた陰毛が邪魔だったが、指で避ける余裕はない。舌でたどたどしく押しのけるのがせいぜいだ。

「んっ……ふ、んっ……」

刺激に対してぶるっと震える男のものがくちびるから飛び出し、叱責が飛ぶ前にくちびるで追った。両手をベッドマットに這わせ、聡は目を閉じたまま必死になる。

シャワーを浴びていない男の匂いが鼻をかすめ、口の中に独特の味が広がる。嫌だと思った。どうしてこんなことに、とも思った。

しかし、不本意な状況に置かれていることの辛さよりも、喉奥を突かれた苦しさが聡に恐怖を植え付けた。

すでに強制的な射精を男たちに見られ、自尊心は傷ついている。それなのに、這いつくばり、男の股間に舌を這わせていた。隆々と勃起したものが、このまま射精して終わるはずもなく、さらに自分を傷つけるとわかっていて従っている。

逃げられないと知っているからだった。ならば、少しでも早く行為を終わりたい。そのためには、目の前の男を射精させるしかないのだ。いまは、それしか考えたくなかった。

「どうですか、健一《けんいち》さん」

高橋は『社長』でも『塩垣』でもなく、『健一』という名前で彼を呼んだ。

「へたくそもいいところだ」

鼻で笑った健一は、つまらなさそうに答える。興醒《きょうざ》めしてくれと願ったが、聡の思う通りにはならなかった。

高橋の持ってきた灰皿で煙草を揉み消し、健一は聡のあごを支えた。顔を上げさせられる。ヤニ臭い指がくちびるをなぞった。

「舌を出してみろ」

言われるままに従う。差し出した舌先を、健一の指がかすめる。聡は眉根をひそめた。

「はっ……」

「そのまま出してろ」

指先が離れ、今度は爪の先でふちを掻かれた。ぞわぞわと嫌な感覚がして、肌がおぞけ立つ。

「逃げるなよ」

気持ちの悪さよりも、得体の知れない男たちへの恐怖心が勝る。逆らえない聡は、拳をシーツへ押しつけて耐えた。

やわやわと粘膜を撫でられ、口を閉じることのできない聡の息づかいは乱れる。まるで真夏の犬のように、はぁはぁと呼吸した。

「吸ってみろ」

命令され、やっと口を閉じることができる。差し込まれた男の指に吸いつくと、くちびるがすぼまり、舌はくるりと丸くなる。それから、聡は口の中に溜まった唾液を飲んだ。それと同時にぎゅっと吸いつく。

節くれ立った男の指の感触で、聡の心は一気にざわめいた。淡い概視感に襲われ、思い出そうとする。

しかし、健一の指がいきなり動いた。舌を撫でながらぐるっと回り、聡の上あごをかすめて引き抜かれる。

「んっ……」

ぞわっと肩が痺れ、かすかにわなないた。

「もう一度だ。舌を出せ」

健一の低い声は淡々と響く。聡は黙ってくちびるを開き、また舌を突き出した。指が舌先に触れたかと思うと、爪の先でフチを掻かれる。

「ふっ……ぅ」

シーツをぎゅっと握りしめ、聡は目を閉じた。気持ち悪さしかなかった感触の中に、わずかな快感が生まれていて驚く。

ぞわりと肌が粟立《あわだ》ち、腰骨の内側がきゅっとすぼまる。

健一の中指と人差し指で舌先をしごかれ、息はふるふると震えた。開きっぱなしのくちびるの端から、唾液がこぼれて落ちる。

快感を否定する余裕はなかった。拒むぐらいなら逃げ込みたい。そうすることが自分を少しでも救ってくれるような、この現状の慰めになるような、そんな気分になってしまう。

そうでなければ、男の前に這いつくばり、躾《しつけ》をされる犬のようによだれを垂らしている自分なんて信じたくない。

けれど、後戻りができないことは、はっきりしていた。

抵抗しても、拒んでも、結局は同じことになる。この男に犯されるか、高橋に犯されるか、それともチンピラたちに輪姦されるのか。結局は、その順番が変わるだけで、全員を相手にしなければならないのかもしれない。

わかりきっているのだから、冷静になりたくなかった。よくよく考えてしまえば、こんなことには耐えられない。

「今度は、こっちだ。舌の使い方はわかっただろ」

健一が掴んでいる屹立へと顔を伏せる。

快感が生まれることを知った舌先で、薄皮の張り詰めた性器をたどる。

健一が触れたときほどの鈍い痺れはなかったが、犬のように舌を出し、よだれを垂らしたことは、聡に決定的なあきらめを感じさせた。

羞恥《しゅうち》が消え去り、自暴自棄《じぼうじき》が生まれてくる。

どうにでもなれと思いながら、大胆に舌を這わせ、音を立てて吸いつく。ほんのわずかに、さっき途切れた物思いが戻り、健一の指先に染みついていた煙草の匂いが脳裏をよぎる。

匂いと、爪の感触。でも、あの人は、そんな吸わせ方はしなかったと思う。

「マシになったたな」

健一の嘲笑が頭上から降り、聡は目を閉じた。甦る記憶を封じて、自分から頭を動かす。無理矢理に頭を押さえつけられる苦しさを回避するには、絶え間なく奉仕を続けるしかなかった。

だから、根元を支え、しごき上げる手と一緒に顔を動かす。

やがて健一の息が深くなり、聡の腰には高橋の腕が回る。

「また勃ってんの？　若いなぁ」

ふざけるように言われ、股間を掴まれた。

「んっ。……や、めっ……」

シュコシュコとしごかれるのと同時に臀部《でんぶ》を探られ、聡は健一の股間から顔を上げた。

ずるっとくちびるから肉が抜ける。

「……ッ」

高橋の指ですぼまりを突かれた。濡れているらしく、先端は簡単にめり込んでいく。

「処女ってのはさ、男も女も狭いんだよね。無理矢理するとあっさり切れるし。だから、こうやって慣らしておかないと。……これから、いっぱい客取るんだから」

「……なっ……ぁ、くっ！」

ぐりっと押し込まれた高橋の指は、容赦がなかった。

ローションが尾骶骨《びていこつ》へ垂らされ、何度も何度も抜き差しを繰り返される。すぼまりをぐりぐりと刺激され、指が卑猥な動きを続けていく。

「あっ……はぅ……ん、んっ。それ、売春……っ」

「そうそう、売春っていうよね。言ってなかったっけ？　でも、男の子だし、性交じゃないよね。妊娠もしないわけだしさ」

ずぶりと差し込まれた指の数が増えたのは、苦しさでわかった。中を掻き乱され、気持ち悪いと思うより先に、息が弾んで乱れる。

こんな感覚は初めてだった。戸惑っても萎えない股間はさらに反り返り、高橋の手に擦られる。

「ガマン汁出るほど興奮しちゃってんの？　これって、クスリのせいだけじゃないよなぁ」

「ちがっ……ぁ、ちが、ぅ……」

男の長い指に敏感な粘膜を掻かれ、翻弄《ほんろう》される聡は喘《あえ》いだ。まともな呼吸を取り戻せず、いっそう苦しくなる。

「いまさら、否定してもな」

あごを掴んできた健一に顔を覗き込まれる。

「おまえさぁ、ムカつく顔してるよな」

頬を片手で掴まれ、くちびるがむにゅっと突き出る。

「こういう清潔そうな顔って一番腹が立つよな、高橋」

言いながら、健一はまた聡の首を押さえた。強引にくわえさせられ、苦しさで悶《もだ》えるほど奥に突き立てられる。

喉への圧迫感でたまらずにのけぞると、わずかに手がゆるんだ。解放されるかに思えたが、またすぐに押さえつけられる。

「んっ……ふ、んっ……」

その間にも、高く上げた腰は高橋の指に蹂躙《じゅうりん》され続ける。一方で、聡の意識は、喉奥と腰の前後で分散した。思考回路が停滞する。

羞恥がなくなった次は、恐怖が剥がれ落ちていくようだった。後悔の念さえ押し流され、心から感情の一切が失われる。

それなのに、燃えるような肌だけが無機質になりきれない。吐息が乱れるほど、外側も内側も火照《ほて》り、汗が滲《にじ》む。

健一に押し当たる舌先は痺れ、昂《たか》ぶりで突かれる頬の内側の感覚にさえ、腰は熱く悶えるように揺れる。

ひたすら義務的に動く高橋の指はともかく、一番初めに挿入するのが健一だと思うと、聡の心は怯えた。

舌を何度か撫でただけで、フェラチオをする側の気持ちよさを教えたのだ。きっと、後ろもすぐに慣らされる。

快感を想像した聡は悲しくなった。健一を頬張ったままで顔を歪める。

「健一さん、奥まで突っ込んでます?」

高橋が指を沈めたままで言う。

「してない」

「へー、こっち、締まってますけど」

笑いを含んだ声で言われ、聡はハッとした。健一に犯されることを想像したせいだ。

「挿れどきじゃないですか」

指が引き抜かれ、高橋がベッドを下りる。

「向こうの部屋にいますから。……壊さないでくださいよ」

「壊れるようなものは商品にならねぇだろ」

健一の返しに、高橋は短く息を吐く。笑ったのだ。聡が目で追ったが、高橋はそっけなく背を向ける。

ドアが開き、そして閉まった。

部屋の中にいるのは、聡と健一のふたりだけだ。とはいえ、抵抗など考えもつかない。

ベッドの上で額突《ぬかず》きながら身を屈めた聡は、そのまま消え入ろうとするかのように、息を押し殺した。健一は無言のまま、聡の背後に回る。尻肉を掴まれ、割り広げられた場所へと、切っ先が押し当たる。

聡は前へと逃げた。その腰を平手打ちにされ、パチンと音が鳴る。肌が痺れ、喉の奥で息が詰まる。

「い、や……」

女のようなか細い声に、奥歯を噛んだ。こんな自分の声は聞きたくない。

聡が黙って耐えていると、照準を合わせた熱の塊がじりじりとめり込み始めた。動きは遅いが、優しくはなかった。

引いたかと思うと、今度は強く押し当てられる。

中へ侵入されないように、聡は下腹部に力を入れる。それが最後の拒絶だった。

嫌なものは嫌だ。喜んで犯されるわけじゃない。

自分が男だからじゃなく、ただひとり、自分自身だけが自尊心を守れると知っているから、聡は快感の否定を繰り返す。

先端をあてがった健一は何度かアタックを試みたが、聡がわざと力を入れていると気づき、舌打ちを響かせた。また尻たぶを叩かれ、鋭い痛みが走る。息を呑んだ次のタイミングで、強引にねじ込まれた。

先端だけでもかなりの太さのものが、体重に任せて入ってくる。その衝撃は、内臓がひっくり返ったかと思うほどだ。

「あーっ！」

熱く爛《ただ》れるような感覚に、我慢しきれずに悲鳴をあげた。

聡は必死に逃げる。前へと這い出た。涙がぼろぼろとこぼれ落ちたが、がつっと首の裏を掴まれ、ベッドへ押さえつけられる。

「入ったぞ」

「うっ……ぁ……」

健一は動きを止めていた。それでも圧倒的な異物感は生々しい。聡は苛まれ、すすり泣くような声を出す。

閉じたまぶたの裏に、忘れられない夕焼けの雲が甦り、色あせた鳥居が映る。

精神的な限界に直面した聡は、記憶へと迷い込んだ。

ベッドにすがりながら握り込んだ指で掴むのは、シーツじゃない。過去から続く、自分の人生だ。

「抜いて……ください……。抜いて……。切れ……る」

「高橋がほぐしただろ。痛いときは、そんな声じゃねぇよ」

健一から突き放すように言われ、聡はぐずぐずと鼻を鳴らした。みっともないと思う余裕もない。

濡れた目をシーツに押し当て、涙を拭う。

「今朝はな、俺も余裕がねぇんだよ。『本社』から無理難題を押しつけられて、イビリ倒されて。……まぁ、男相手に優しくなんて、気持ち悪いだけだ。そういうわけだから、肉便所らしく転がってろ」

腰を掴んだ健一はゆらゆらと揺れた。深々と突き刺さった肉芯の先端が、柔らかな粘膜を擦って動く。

「あっ……く……」

ずるずると抜かれ、先端がすぼまりに引っかかる。聡の腰骨に指をかけた健一は、また身体を近づけた。

強引な抜き差しではない。傷つけるつもりがないとわかる動きだ。

それでも、狭い場所を掻き分けられる苦痛はある。聡の身体は、幾度となく逃げようと揺らめいた。

「あっ、あっ……ぅ」

苦痛を少しでも緩和しようとする動きが裏目に出て、淡い感覚を引き寄せてしまう。初めは甘だるい静かな感覚だった。健一に合わせ、違和感を少しでも逃がそうとしたに過ぎない。

しかし、次第に、はっきりとした快感が姿を現わした。

「はっ……ぁ、はっ……」

「おまえ、勘ドコロがいいな。もうちょっと、大きく息を吐けよ。そうだ。ガチガチの身体を突いてもな、絞られるばっかりで痛くて、悦《よ》くねぇんだよ」

「んっ……」

「壊したら、高橋が怖いしな。……でも、おまえだって、すぐに激しく突いて欲しくなる」

「……なら、ない……。こんな、苦し……ぃの……」

「どうかな」

聡の後ろで膝立《ひざだ》ちになっている健一は静かに笑った。逃げる聡を片手で引き寄せ、性器だけを露出させた腰を突き出す。

小刻みに揺すられて息を乱し、聡はシーツにすがった。

「んっ、んっ……はっ、はぁっ……」

息を深く吸おうとした瞬間、聡の力が抜けるのを待っていたかのように腰をねじ込まれる。

「あっ、あぁっ……」

聡の足先がばたついた。ベッドマットを叩く音が響くと、健一は腰を振りながら笑った。

「おまえ、乱暴にされるのは嫌なタイプなんだな」

彼を包んだ聡にも振動が伝わってくる。

「誰、だって……」

苦しさをこらえながら答えると、「そうでもない」と健一は言った。

「高橋に騙されるヤツはだいたいマゾだ。優しそうに見えるだろ、あいつ。実際はドSだよ」

「あっ……は、うご……ない、で……」

「優しくしてやるよ。こうだろ？」

かすかに笑った健一が、聡の腰裏を手のひらで押さえた。

ゆっくりと腰を引き、また、ゆっくりと奥へ戻ってくる。聡のか細い息づかいに合わせた動きだ。

硬い先端と太い肉芯が柔襞を蹂躙して進むとき、聡の背中にじわじわと熱がこもった。

嫌悪感だけでは説明できない感覚が芽吹き始めている。

気づくまいとして、聡はかぶりを振った。健一がずるっと動き、間髪入れずに、ずくっと貫かれる。

やがて、背筋に震えが走り、股間が確かに勃起した。

大切なものを両手から取りこぼした心地に襲われ、聡はやがて、それが自尊心の崩壊だと気づく。

目の前が一段暗くなり、握った拳がふるふると震える。

でも、身体は熱く火照り、健一の動きを心待ちにしていた。

男の象徴が身体の奥で動くたび、聡の股間で反り返ったものも雫《しずく》を垂らして悦《よろこ》ぶ。シャワーで身体を洗われる前に飲まされた錠剤のことを思い出した。

あれはきっと、媚薬《びやく》だ。この感覚も薬のせいだ。

聡はそう思って奥歯を噛む。それでも、身体と心は無残に離れていく。抗《あらが》えない快感が身体の内部を掻き回し、自慰でも性行為でも感じることのなかった愉悦《ゆえつ》を引きずり出される。

たとえ、飲まされた錠剤が媚薬と呼ばれるものだったとしても、男に尻を掘られて感じるなんて変態だ。なのに、その変態行為が、どうしようもなく気持ちよくて、健一の一刺しごとに、聡は声を噛んだ。

もうすでに、苦しみだけが理由ではなかった。

まるで身体のスイッチが切り替わってしまったかのように、健一の腰使いで、甘く切なく翻弄される。

「あっ……。あ、ぁ……ん。い、や……だ」

「嫌って声か？　もっと、って言っていいぞ。もっと、いっぱい突いてくださいって、言ってみろ。おまえの望み通りになる」

「……いやだ……っ」

髪を振り、聡は拒んだ。そんなこと言いたくない。

でも、健一の腰は許してくれなかった。内壁のあちこちを擦り、聡の息が乱れる場所を探し

当てる。痺れが生まれる一部分を、なおさらゆっくりと擦られ、先端で突かれ、聡はやたらに喘ぐ。

喉の奥から、やめてと声を振り絞ったが、本心は真逆だ。やめて欲しくなかった。中を擦られると、気持ちがいい。突かれるたびに、性器の先端まで熱がこみ上げ、イキそうでイケない、ぎりぎりの感覚にさらされる。

「あっ……いや……もっ、と……」

口にした自覚もなかった。追い込まれて放置された分身は、熱をぶちまけたくてヒクつき、シーツに擦りつける刺激でもいいからと欲しがり出す。

まるで男に犯されることを望んでいるような腰つきで、聡は身悶えた。

「んー、んっ」

自分の手を伸ばし、パンパンに腫れあがったそれを掴む。上手くしごけず、ままならない。そして何より、刺激が足りなかった。

手でしごくだけでなく、身体の内側に与えられる強烈な刺激を求め、聡はシーツに頬をすりつけた。

抑圧されていた欲望が溢れ出し、これが自分の性癖なのだと思い知る。飲まされた薬で感度がよくなったからといって、男に内側を犯されて悦ぶはずはない。

聡は無意識に自分の指をくわえた。くちびるに、舌先に、口の中に、爪と節くれ立った指の感触を覚え、めまいの中でぎゅっと目を閉じた。

その人の名前は思い浮かべない。それでも、胸の奥に刻まれた名前は聡を恍惚《こうこつ》とさせていく。火照った肌が汗を掻き、しっとりと濡れ、頭の中でぐわんぐわんと音が響いた。自分の喘ぎ声さえ遠くなる。

落ちていくのだと思った。もう、戻れないところへ落ちていく。喉がヒクッと鳴り、聡はすすり泣く。

「うご、いて……。うごいて、くださっ……。もっと、突いて。いっぱい突いてっ、ください……っ」

涙声で訴えた声は乱れ、やがて甘い喘ぎになった。

目の前でチカチカと光がまたたき、健一の抜き差しが一際大きくなった瞬間には理性が薄れた。

ただひたすらに声を放ち、繁殖期の動物のように腰を高く上げる。健一の動きも、さらに激しくなった。

腰を掴まれ、打ちつけられるたびに、結合部がネチャネチャと粘着質で卑猥な水音を立てる。

「あぁっ！　いや、いや……っ。きもち、い……。きもちいいっ。いく、いくっ……」

男の昂ぶりが出たり入ったりを繰り返し、背中へ落ちた他人の汗が、聡の肌を伝い落ちる。

それにさえ身悶え、限界の近さを思い知った。

性器を握った手を軽く動かしただけで太ももが震え、渦を巻いた絶頂が先端を目指す。

「い、く……っ」

小さく叫び、聡は全身をわななかせる。

望んでいたのだと思った。

これをずっと、望んでいた。煙草の匂いの染みた指で、欲望を暴かれること。その指が秘めた、欲望を、逃がさずに引き寄せること。

それが、それだけが、聡の願いだった。

記憶の中の境内に夜が来る。遠くなる意識の中で、聡は過去を思い出す。

ざわめく風が、不穏な気配を形作った。ミチ兄と呼んでいた男は、ほどなくして消えてしまったのだ。聡も、もう境内には行かなかった。

酒を飲んで暴れた母親が包丁片手に聡を追い回し、たまたま町内で鉢合わせになったミチ兄を切りつけたからだ。

刃が当たったのは事故だった。でも、すべてが一瞬で変わってしまった。あのときに。

そのまま両親が離婚して、父親に引き取られた聡も街を出た。だから、ミチ兄と呼んでいた男の素性も行方も、確かなことは何もわからない。

覚えているのは、夕焼けを眺めた境内の侘《わび》しさと、鳥居のくすんだ色。そして、煙草の匂い。

自分はさびしい人間なのだと、そのときに初めて感じ、そう思ってもいいということも初めて知った。

すべてが水泡に帰していくような物悲しさは、射精した直後の感覚とよく似ている。だから、聡は『これ』が好きじゃない。

虚しくて満たされない。必死に快感を追った結果は、いつだってあっけないほど価値がなく、終わったあとの虚無感にいたたまれなくなる。

なのに、この快感は違う。

「あっ、あっ……。あー。あっ、あっ！」

何度目の絶頂なのか、もうわからなかった。

仰向けになった身体を揺さぶられ、勃ち上がった性器の根元はいつのまにか専用の拘束具で締められている。

快感にさらされた声は涙交じりになり、ときに叫び声に変わり、汗で濡れた身体をよじらせる聡は、本能の中に投げ込まれたままだ。

長びいていることを心配した高橋が、一度は様子を見に来たがそっけなく追い出された。

「もうすっかり、女みたいな声になったな」

聡を支配した健一が笑う。服を脱ぎ、全裸になっている。

夢うつつをさまよう聡は、健一の右腕を掴んだ。そこに残る引きつれた痕を指で掻く。あるはずのないものをなぞり、追いかけ、聡は幾度となく確かめる。

興奮はいっそう募っていき、聡は男を迎え入れ、大きく足を開いた。

「嬉しいだろ?」

問われた言葉の意味も理解できない聡は感じすぎていた。

頭の中がぐちゃぐちゃだ。生まれて初めて与えられた感覚の激しさに呑まれ、問われるままに答えてしまう。

「……うれ、し……です……。あ、あっ。気持ちよくて、嬉しっ……はっ、あ、あっ」

両乳首をつまみ揺すられ、聡は腰をわずかに浮かせる。

ちくりとした痛みには、背徳的な快感が潜んでいた。追い求める腰が揺れ、聡はもっと触ってくれと言わんばかりに胸を反らす。

「堕ちたもんだなぁ……。高橋のセンサーはスゴイよ。ほんと」

聡にはわからないことをつぶやき、健一は眉根をひそめた。

「おまえみたいなのを犯して、快楽堕ちさせると胸がすく」

眉根に深いしわを刻み、荒んだ目でくちびるを舐める。濡れた舌先が卑猥だ。

性経験の乏しい、聡のような青年の自尊心を打ち砕き、女のように喘がせる。それが健一の性癖なのかもしれない。

聡の外見のせいなのか、雰囲気のせいなのか。事あるごとに健一は気に食わないと繰り返す。

そして、執拗な責め苦を与えてくる。性的な苦痛と快感は表裏一体だ。

「また、痙攣《けいれん》してんな。イきそうか？　今度はちゃんと言ってからイけよ。勝手をするな」

「んっ。い、いく……。イきます。あ、あっ。男に犯され、てっ……メス、アクメ……する……っ。あ、あぁっ」

教えられた言葉を必死になって叫び、聡はのけぞった。

「よし、イけよ。ガン掘りしてやる。吠《ほ》えろよ、メスガキ」

健一に押さえつけられ、腰を強くぶつけられる。硬い勃起で散々に喘がされ、聡は泣きながら身をよじった。

射精を止められた身体はそれでも絶頂を迎え、まるで陸《おか》に揚げられた魚のように跳ね回る。

聡の理性はすでに焼き切れ、数時間前まではごくまともな学生生活をしていたことさえ忘れて快楽に溺《おぼ》れた。

足を突っ張らせて腰を上げ、ガクガクと震える。

「うっ……くっ」

健一が呻《うめ》き声をあげ、我慢していた射精がようやく始まった。中で出された聡は、凌辱《りょうじょく》の仕上げに奥歯を噛みしめ、また四肢を突っ張らせる。激しい快感が恐怖を揺さぶり、よだれがくちびるの端からこぼれ落ちた。

まぶたもひくひくと痙攣して、発光が強弱を繰り返す。

「神社の……」

乱れた呼吸の間から、つぶやきが漏れた。

「飛んでんのか」

蔑むような笑みを浮かべ、健一が指を伸ばす。

ついさっきまで煙草を吸いながら聡を犯していた指だ。まだ匂いが残っている。指先が、くちびるを押した。

「吸えよ」

割れ目に指を差し込まれ、どろりとした目つきの聡は放心して従った。ちゅうちゅうと音を立てて吸いつき、舌を絡める。年を重ねた分だけ、肌は乾いていた。それでも、口調もすべて、あのときのままだ。

見下ろしてくる健一は冷たい目をしていた。欲情は憎しみと紙一重になってギラつき、さらに冴《さ》え渡る。

冷酷そのものを見せつける一方で、聡に差し込んだ性器はまた熱くなった。

「やべぇな。悪いクスリでも仕込まれてたかな」

指を聡のくちびるから引き抜いた健一は、ふたりの結合部分を見下ろして息を吐く。顔をしかめながら腰を引く仕草に、抜くつもりだとわかった。

聡は思わず相手の腰に足を絡めた。

「おい」

不満げな健一が気色《けしき》ばむ。

「何やってんだよ。てめぇは……」

「あれも、キスだった」

呆然とした表情で、聡はくちびるを震わせる。

「はぁ？　イカれたか？　やばいだろ。高橋が怒る」

苦笑いを浮かべた健一に太ももを叩かれたが、聡はそのまま相手の腰を締めた。胸の奥からせり上がる感情は大きなうねりになり、聡は流されまいと自分の心を見据えた。

色あせた鳥居の内側は、外の世界とはまるで違っていたのだ。そのことを思い出す。いま、この瞬間に思い出す。

ふたりだけの世界。静かでさびしい世界。

でも、それがよかった。ミチ兄は煙草をふかし、かまわれたかった聡は、望み叶わず突き飛ばされて転がる。

そして、指先がくちびるを突いた。

これでも吸ってろと、煙草の匂いの染みた指が聡のくちびるを割った。その男は、酒を飲んだときの母親よりも怖い顔で聡を見ていた。

憎しみは愛情の裏返しだ。いつだってそうだった。だから、安心したのだ。この人が、ここが、聡の唯一の居場所だった。

「……ミチ兄」

声にした瞬間、健一の表情が変わった。ふたりを繋ぐ欲望が萎えていく。

聡はかまわず、健一の手首を掴んだ。指を捕らえ、くちびるへと引き寄せる。爪の先をじゅっと吸い、そのまま口に含む。

「マジかよ……」

呆然とした健一は、それでも目を閉じたりしなかった。視線さえ、そらさない。

聡を見つめる瞳には憎悪が浮かび、感情が激しく揺れる。

「このクソガキが」

聡が指を吸えば吸うほど、健一の腰は硬さを取り戻した。やがてお互いの息が乱れるほどの興奮になる。

「……突いて、くださいっ……」

健一の手に頬をすり寄せ、聡は叫んだ。直腸を犯され、自尊心を打ち崩される恐怖はもう微塵もなかった。

そこにいるのが『彼』だと確認できた瞬間、心は別の感情に打ち震えた。

触れ合う肌の淫らな感覚がリアルになり、健一によってボロボロになった自尊心が燃え上がる。

「好きにされたい。どうなっても、いいから……っ」

「くそっ」

悪態をつく健一の両腕が肩を押す。

密着した腰で、さらに足を割られる。聡は自分の膝を抱え、もう何度も穿《うが》たれた場所をさらけ出した。

ローションや精液でドロドロに濡れたそこは、元からそうだったかのように赤くゆるんでいる。でも、奥の方は狭いままだ。

「……っ、くそっ……はっ」

健一が腰を振るたび、硬い楔《くさび》が聡を責めた。とろけた肉を貫かれ、喘ぎとも呻きともつかない声が溢れ出る。

聡は身悶えながら、健一を見上げた。

顔なんて、まるで覚えていなかった。声もだ。

記憶なんてたいしたものじゃない。会いたいと思ったこともない。

でも、ずっと支えにしてきた。

隣にただ座っている。それだけを許してくれた男の存在だけが、聡の心の、たったひとつのよりどころだった。

目を見開いた聡は男を見つめる。身を屈めたままで、細かな痙攣を繰り返す。

「あっ……はぁっ……。きもちいいっ……また、イクっ」

「おまえは。何回、イッたら気が済むんだ。変態っ」

「あんたの、せいなのにっ……。あ、あぁっ。やめ、ないで……。やだっ。イくまで突いてっ。いっぱい、突いて、くださいっ」

「ふざけんなっ」

吐き捨てるように言った健一が、聡の根元に着けられた拘束具を解く。

「……搾ってやるから、出せよ」

「や、やだぁっ……。し、しごいたら……っ。あぁ、くっ……。あぁんっ！」

抱えた膝にくちびるを押し当て、歯を立て、聡は声を振り絞る。苦しさが胸に満ち、一番高い場所から突き落とされる感覚に溺れてしまう。

健一の手に促され、溜め込んだ欲望が一気に解放される。声にならない声は悲鳴になり、身体中が熱に揉まれた。

息もできないほどの快感の中で、健一の呻きと叫びを聞く。

眉根を引き絞って汗を滴らせた男もまた、最後の絶頂から飛び降りたところだ。

腰がぶるっと震え、聡の中へ、二度三度と精液が注がれる。

「あ、ぁ……ぁ」

全身を脱力させた聡は、涙で瞳を濡らす。まだ出ていかない健一の存在を感じるたび、腰は艶《なま》めかしくよじれ、ぴく、ぴくと小さく跳ねる。

無言のまま聡を見つめる健一の目には、やはり憎しみが混じり、そして深いあきらめが差し込む。苦しげな表情が、苦味のある顔にはよく似合う。昔から、そうだった。

「……ねぇ、満足した？」

息を切らしながら聡はまっすぐに見つめ返す。腰を引こうとした体勢のままで健一は動きを止めた。

ふたりはもう一度見つめ合う。互いの中に何を探しているのかわからない。けれど、聡の中に、射精後に来るはずの虚しさは訪れなかった。


背中を向けて煙草を吸う健一を眺めていると、聡の視界はどんどん揺らいだ。涙が滲んで、そしてこぼれ、シーツが濡れる。

健一の二の腕。右側の後ろ。

そこには、大きな切り傷があった。快感に悶えながら指でなぞり続け、確信はしていた。しかし、目で見るといっそう実感が湧く。

「名前、違うの……。どうして」

恐る恐る声をかける。

「通名だ」

「偽名って、こと？」

そのまま沈黙が続き、聡はなぜか悲しくなって困惑した。

昔はつれなくされても平気だったのに、いまはダメだ。年齢差はあっても、こうしてセックスができる年齢になっている。ミチ兄はもう、手を伸ばしても届かないほどの『大人』じゃない。あきらめる理由がなかった。

「俺はいい売り物になるかな」

何気ない一言に、健一の背中が震えた。

怒ったように力の入った肩を、昔も見たと思う。でも、それさえ幻かもしれなかった。記憶はいつだって曖昧《あいまい》だ。

この瞬間の感情さえ、個人的な願望の産物に過ぎない。

「何か、言って……ください」

「何を、だ……」

くゆらせる煙が背中越しに見え、会話を終わらせたくない聡は口を開いた。

「子どもが好きなの？」

距離感を詰めたくて、また砕けた言葉に戻す。

ふたりが境内で会っていたのは、聡が中学生になる前のことだ。指を吸わせるなんて、性的な行為だろう。

「バカか。おまえは。子ども、って年じゃねぇだろ」

そう言って立ち上がった健一は、大股でドアへ向かう。

追いかけようとした聡は、ベッドから転げ落ちた。散々犯されたあとの下半身は、まるで力が入らない。

振り向いた健一は、あきれた顔で息をついた。

「その目だよな」

憎しみと憐れみの入り混じった表情で聡を見る。

「人の気も知らないで、気を引こうと必死で。愛されない子どもってのは悲惨だと思った。……まぁ、過保護にされても、俺みたいになるわけだけどな」

健一が戻ってくる。その足に、聡は手を伸ばした。這いずりながら近づき、すがるように腕を絡める。

「俺にとって、おまえのあどけなさは反吐《へど》が出るほど気持ち悪かったんだ。何度、踏みにじってやろうと思ったかわからない。おまえが町を出て、これでもう二度と会うこともないと……」

肩を足の裏で押されて転がった聡は、床に手を突く。健一は、聡の名前さえ知らなかったのだ。

思い出の一番恐ろしいところは、その中の登場人物も、自分と同じ気持ちでいたに違いないと信じられることかもしれない。聡は、あの頃の健一が自分と同じ気持ちで、そして、いまも変わらないと信じている。

冷静になれば思い込みだとわかるのに、気づかない振りをする。そうやって、ずっと生きてきたのだ。

都合よく、夢を見た。

「俺もガキだったんだ。大学を出て、ふらふらしてた頃だ」

乱暴に引き起こされ、聡はベッドに背を預けた。そのそばに、全裸の健一がしゃがみ込む。

あごを掴まれ、のけぞるほどに持ち上げられる。

「変わらないな。その清潔そうなところに反吐が出る」

吐き捨てるように言った健一は、そのまま覆いかぶさってきた。くちびる全体を覆われ、噛まれ、舌で口の中をぐちゃぐちゃに混ぜられる。乱暴なキスだったが、どこもかしこも欲情が深く根ざしていて、聡はめまいの中で喘いだ。

振り払われてもかまわないと腕を伸ばし、健一の首に回す。

「おまえがいい売り物になるか、って？」

話す健一の息が、くちびるにかかる。ぞくぞくと肌が震えた。

「なるわけねぇだろ。おまえは商品になんかならない。客が気を悪くするだけだ。商売にならねぇ」

腕がほどかれ、身体が離れる。

「元いた場所へ帰れ。金は俺が持ってやる。だから、二度と俺の前に現れるな。悪夢が帰ってくるなんて、最低最悪だ」

「今度離れたら、二度と会えない」

振り払われたことにめげず、腕を掴んだ。必死になってしがみつく。

都合のいい夢を見たのは、求めていたからだ。子どもだったからあきらめるしかなかった相手と、本当はもっと一緒にいたかった。それが、どういう名前の感情なのかまで考えが回らないほど、幼かっただけのことだ。いまならきっと、名前がつけられる。

聡の内心に気づいた健一は、見るからに苛立っている。そんなところも昔のままだ。

「だから、現れるなって言ってんだろう」

「またあんたを傷つけて離れるなんて嫌だ」

「はぁ？　誰のどこが傷ついてるんだよ。ええ？　それはおまえのケツだろ。勘違いするな。俺はおまえを汚してやりたかっただけだ。キメセクの強制アクメなんて、真に受けるほどの快感か？」

「知らない」

聡はぶるぶる震えながら、しがみつく。突き放される恐怖に心が冷え、寒くてたまらず、子どものように髪を振り乱した。健一の右腕に、頬をぎゅっと押しつけ、傷痕に指先で触れる。

煙草をくわえる男のくちびるを見るたび、胸が騒いでさびしさが募り、ふたりでいてもひとりぼっちのような心地がした。

喫煙すれば同じ時間が共有できると思ったのは初めだけで、そのあとはずっと、煙草の匂いがする指を口に含みたいとそればかり考えていたのだ。

あれが性的好奇心の発露だ。そして、聡にとっては初恋だった。

恋を教えた健一は、性的欲求を押し殺した愛憎の瞳で聡を見つめ、幼い身体をひそかに欲情させた。

記憶の中の思い込みじゃない。いまだから気づくことのできる真実だ。

「……悪夢かよ」

聡を腕にぶらさげたまま、健一がぼやく。

それでも突き飛ばされもしなければ、引き剥がされることもない。健一はそのままの姿勢で、しばらくため息を吐き続けていた。


先に健一がシャワーを使い、そのあとで、足腰の感覚を取り戻した聡も連れ込まれた。汗と精液を洗われる。

健一が先に出ていき、用意されていた下着とTシャツとスウェットパンツに着替えた聡はドアが開いたままの部屋へ戻った。

黒いバスローブを着た健一のほかに、高橋と強面のチンピラ二人組がいる。

木製のチェアに腰掛けた健一が、あごで聡を示した。

「こいつは別の仕事で使う。金は俺が何とかする」

その発言に異議を唱える人間はいない。健一の決定は絶対なのだろう。

チンピラたちは、聡に向かって憐れむような目をした。売春クラブで身体を売る方がよほどましだと思っている顔だ。

再びスーツ姿に戻った高橋は、さっきまでの性的ないやらしさを見事に隠し、チンピラたちを部屋の外へ出した。代わって、聡を招き入れる。

「どういうことか。俺には説明してもらえますよね？」

高橋の声は相変わらず柔らかい。ベッドの端に聡を座らせ、天井を仰いで脱力する健一へ向き直った。

答えを迫られた健一は、頭を左右に曲げながら口を開く。

「店の新しいメンツは、別のを探してくれ。上には俺の方で説明しておく」

業務的な返しでごまかされそうになり、高橋の眉はぴくりと跳ねた。

「また泥酔コースですね」

「そう言うな」

「社長がほだされるなんていままでなかったですよね。しかも、何回ヤッたんですか。もう昼も過ぎてますけど」

「俺が飼うってことでいいだろ」

億劫《おっくう》そうに視線をそらした健一に対して、高橋は顔を歪める。しかし、聡へ向き直ったときには、きれいさっぱり元の通りだ。柔らかな表情に戻っている。

「君はそれでいいのかな。この人の愛人になるよりは、うちで働いた方が……」

「愛人とは言ってない」

間髪入れずに健一が口を挟む。

「そんなことは言ってない。そういう意味の『飼う』じゃない」

「俺は、それでいいです」

聡はぼそりと言った。視線が合うよりも先に、健一が目を剥いた。噛みつきそうな勢いで、獰猛《どうもう》に睨まれる。

「おまえは黙ってろ。とにかく……」

「この人のそばにいるより、店に出た方が金になるよ?」

ふたりの間に立つ高橋は冷静だ。交互に視線を動かし、ゆっくりとあとずさる。ふたりを俯《ふ》瞰《かん》して言った。

「店でさくっと働いて、まとまった金をもらえばいい。来年の四月には就職だろう? こう見えて、うちもヤクザだ。縁故は持たない方がいい」

「ヤクザ、なんだ……」

聡のつぶやきにうなずきを返すのは高橋だ。

「そう。この人はうちの社長兼若頭《わかがしら》」

「おまえ、就職するのか。それを先に言えよ」

健一が額《ひたい》を押さえてうつむく。

「え。だって、聞かれてないし」

関係が遮断される気配を感じ、聡はくちびるを歪めた。

「っていうか、おまえ、名前は？」

ため息をついた健一に、

「え？」

高橋が身をのけぞらせた。

「社長。常々思っていたんですが、ちょっといい加減過ぎますよ、そういうところ。だから、オールナイト泥酔コースをかまされるんですよ」

「向こうが正当みたいに言うな。あれは横暴だ」

「かもしれませんが……。名前も聞いてない相手と……昼までヤるのはいいんですけど、飼うとか、逃がすとか、そういうのはどうですか。俺は、ヤクザとしての沽券《こけん》に、とんでもなく関わるんじゃないかと、思いますね」

「知るか、そんなもの」

鼻で笑った健一が足を組んだ。黒いバスローブがはだけて、聡はドキリとした。うっすらと黒い男の体毛が、引き締まったふくらはぎを覆っている。

健一に男を感じ、尻に残るじんわりとした違和感が、彼に犯された証であることを思い出す。そして、はだけたバスローブの奥に隠された、猛々《たけだけ》しいオスを想像してしまう。

押し入られ、幾度となく揺さぶられ、理性を飛ばすほどに犯された。正体を知るまでは屈辱でしかなかった行為は、すっかりと姿を変えてしまい、聡はTシャツの胸元を握りしめずにいられなくなる。

動悸《どうき》が激しくて、苦しい。健一を必死に見つめたが、相手が気づくことはなかった。

健一は、高橋に向かって話し続ける。

「オヤジにばれなきゃ、おまえがどうにかできるだろ。とにかく、こいつは使い物にならない」

「……本気ですか」

「さっさと家に送ってやれ」

そう言うなり、立ち上がる。枕元に投げ置いていた煙草を口にくわえた。

「別の仕事をさせるって言っていたのは……」

高橋の問いに、煙を吐き出す。

「そう言っておけば、あいつらが手を出さないだろ」

聡が店に出された暁には、無料《タダ》であれこれさせようともくろんでいたチンピラたちのことだ。

「わかりました。じゃあ、それで……。でも、社長」

聡を促しながらドアへ近づいた高橋は、ふと思いついたように振り返る。

「いつ使うかわからない相手なら、あいつらは粉をかけると思いますよ。知ってるでしょう。男同士は意外と簡単にあれこれするって」

「……」

健一の動きがぴたりと止まる。

聡は黙ったままで高橋と健一を見比べた。

「構成員とか幹部の愛人ならともかく、飼ってる程度の学生なんて、『便所にしていい』ってことだと、うちの連中なら思うんじゃないですか」

高橋が淡々と言う。口調はやはり穏やかで、なめらかに饒舌《じょうぜつ》だ。

「うちはバカばっかりか」

舌打ちをした健一に、高橋はにやりと笑った。

「そういう躾をしたのは、社長ですよ。……竹成くん、うちの社長はわりとやり手の色事師《いろごとし》なんだよ。男をメス堕ちさせるなんて、片手間でやっちゃう人。俺たち舎弟も、やってることは似たようなものなんだけどね。この人ほどの手管《てくだ》はないから、まぁ、突っ込んで、揺さぶって、適当に犯して言うこと聞かすだけだ。さっきのふたりとかね」

「高橋。説明しなくていい。……だからな、おまえがよがりまくったのも、単なる俺の手管だ。忘れろ、さっさと」

「それって、ほかの男も抱いてるってことですか」

健一ではなく、高橋へ質問を投げた。ぎょっとした健一は煙草を取り落としかけ、慌てて床を踏み鳴らす。

「何を聞いてんだ、てめぇは！　高橋、答える必要ないぞ、高橋！　ぶっ殺すからな！」

「承知してますって……。って言うか、どういうことになってんですか……。えーっと、おふたりは、昔、付き合ってたとか？」

「俺はノンケだって言ってんだろ！」

低い声をとどろかせた健一の勢いに、高橋の背中がピンと伸びた。ふざけていた表情が消える。どこまでが冗談で、どこからが冗談にならないのか。彼はよく知っているのだ。

健一は煙草をふかして、チェアに腰掛けた。

「とにかく、そいつは使えない。まともに就職させろ。うちの人間が接触したら、高橋、おまえのせいだからな」

「……いいですけど。どうやって確認します？」

「はぁ？」

「誰かが見張らないと、どうなったかはわかりませんよ。俺がやりますか？　ときどき様子を見に行って、一緒にメシでも食えばいいですか」

高橋が黙ると、シンとした空気が部屋を包んだ。妙な雰囲気だ。

聡はどぎまぎと視線をさまよわせたが、いつのまにか近寄っていた高橋に顔を覗き込まれ、小さく飛び上がった。

「向こうの部屋で話題になってたんだけど、竹成くんのイキ顔って苦しそうで、そそるよね」

「高橋！」

健一が声を荒げた。

「社長～……。ほかは騙せても、俺のことは騙せませんよ？　何年一緒にやってきたんですか。口癖みたいな寝言だって知ってるのに」

飄々《ひょうひょう》とした表情をしているが、執拗に食い下がる高橋はどこか怒っているようにも見えた。

「変だと思ったんです。社長が味見をするなんて……。似てると思ったら本物だったって、そういうオチですか？　……あー、竹成くん？　ここで聞かなくても、あとで確認すればいい話なんだけど、ねー」

これ見よがしに声を高くして、聡の前で腰を屈める。

「聞いてもいい？　君の実家のそばに、神社はなかった？　高台にある、小さな本殿と色の剥げた鳥居……ですよね？」

最後は健一を振り返る。その視線を、聡も追う。胸の奥が熱くなったが、苦しいのは胃じゃなかった。

「俺と飲んで泥酔したときは、絶対にその話するんですよ。知らないでしょう。社長は酔ってますからね。あと、寝言は『すえよ』です。あれは何ですか？　神社に何か据え置くんですか、それとも、吸うんですか」

高橋の暴露に、健一はチェアの上で身をよじった。高橋と聡の視線を避けるように背を向ける。

「酔って話すって、どうして……？」

聡が問いかけても、答えは返らない。高橋を叱責することもあきらめ、健一はせわしなく足を動かした。床をリズミカルに叩く。

「自分が守った、大切な存在だからですよ」

答えたのは、やはり高橋だった。

「傷つけずに離れられたから、きっと幸せになってる。そう信じたいんだって、酔うと必ず、俺には話します。……で、その子は幸せになったのかな？」

視線を向けられ、聡は言葉を呑み込む。

健一と夕焼けを見て過ごしたのは、ほんの短い期間のことだった。ともすれば、前後の記憶に圧迫され、現実とも夢ともわからなくなる、遠い遠い過去だ。幼かったから、なおさらに心許《こころもと》ない。

　そして、聡の人生は、ずっとビターなままだ。親とも友人とも優しさを分け合えず、いつだって線を引いてきた。傷つけることも、傷つくこともしたくなくて、ひたすら『普通』を目指して生きてきたのだ。

　聡は黙ったまま、首を左右に振った。

「ふぅん。やっぱりダメだったんだ。継母と折り合いが悪いんだろ？　だから、学費しかもらえない。その学費も、ほとんどは奨学金ローンだね？」

　振り向いた健一に対して、高橋は肩をそびやかした。

「調べますよ、それぐらい。この子はカモですから。つけ込めるところにはとことん行かないと、商売になりませんからね！　言っとくけど、竹成くん。君を五十万で売ったのは先輩の山本だ。二、三ヶ月もすれば戻ってくる。あいつは金を借りたんじゃないんだよ？　報酬を受け取ったんだ。君はね、そもそも、うちに売られたんだ。……人からそんな扱いを受ける君が、幸せなわけないよな……」

　高橋の声には同情の欠片《かけら》もない。先輩から売りものにされた聡を、内心では軽蔑しているようにも思える。

　陥れる人間も邪悪だが、隙《すき》を与える人間の愚鈍さにも罪はあると言わんばかりだ。

「社長も言ってたじゃないですか。顔に不幸がべったり染みついてるって。だから、俺もターゲットに選んだわけで……」

高橋は両手で髪を掻き上げ、プライベートな表情を消した。スーツの襟《えり》を正して聡を見た。

「さて……。じゃあ、竹成くん。君はどうしたい。このまま社長の温情を受けて解放されて、忘れた頃にうちのチンピラーズのオモチャにされるのと、このまま店に出ておっさんたちにご奉仕して金を稼ぐのと」

「……健一さんの愛人になるって選択肢はないですか」

だいそれたことを言っている自覚はあったが、声は思うよりも震えなかった。自分でも驚くほど落ち着いている。

「さぁ。それは、あの人次第かな」

高橋の視線を受けた健一がそっぽを向く。

「酔ったときのことなんか、知るか。どうせ、高橋の作り話だ。おまえもマジに取るな。あいつらに手を出されそうになったら金を取れよ。それぐらいの頭は使え。店に出たければ好きにしろ！」

煙草を床に投げ捨てた健一は、足音をドスドスと響かせて部屋を出た。怒った勢いに圧倒された聡は、ただ黙って見送るしかできない。

煙草を拾った高橋は、床が焦《こ》げていないかを指先で確認して立ち上がった。

「あぁいう言い方をするときはね、『思ってない』ときだから。ヤクザってのは嫌な商売だよ。

見栄と建前ばっかりでさ、自分の気持ちとかわからなくなるんだ。……家に送るよ。身体は大丈夫？　かなり泣かされてただろう」

　部屋から連れ出され、マンションの地下駐車場まで降りるエレベーターに乗る。介助されながら、車の助手席へ座った。

「……あの人は、いつも、あんなふうに、……男を、抱くんですか？」

「あんなふうがどんなふうか、ちょっとわからないな。まぁ、珍しいよ。あんなに執拗に泣かせたりはしない。それ以外は、いつもの調子だと思うけどね」

　高橋の言葉を聞きながら、シートベルトを装着する。車はすぐに動き出した。

「でも、ノンケだよ。性欲がめちゃくちゃ強いんで、溜まったときは見境ない。けっこう手酷くするから、女も逃げちゃうんだよね。人殺しみたいな目で見てくるから怖い、って言ってたかな」

「……そんなこと、俺に言ってもいいんですか」

　聡は声のトーンを落とした。

「さぁ、どうだろう。俺は兄貴分がご機嫌だと嬉しい性質《たち》でさ。あの人、俺よりも全然バカなんだけど、すごくカッコいいだろ。……憧れかな。カッコつけていて欲しいから、いまはさっきみたいな仕込みからは引いてもらって、店の子の実習は持ち回りでやってんだよ。……竹成くん。君が社長の、『思い出の子ども』だろ？」

信号のない横断歩道で車が停まる。

「だとしたら、少しだけ待っててくれないか」

高橋はまっすぐに前を見たままだ。

「待つ、って……」

「愛人じゃ嫌なんだよ、うちの社長は」

「え?」

思わず聞き返した瞬間、車は滑るように走り出す。

「さっき、愛人の選択肢はないのかって、君が言い出してくれてよかったよ。たぶん、一生、君自身が、自分に感謝することになる」

「どういうことですか」

聡には、高橋の意図することがまるでわからない。健一は『愛人じゃ嫌だと思っている』というのに、愛人の選択肢を口にした聡を褒める。ちぐはぐだ。

「その代わりにさ。あの人のために、人生、捨ててくれるね」

高橋の表情は少しも変わらない。温和な声の裏側で淀んだ暗さが滲む。

言葉は、聡の胸の奥に深々と突き刺さり、捨てて惜しいような人生じゃないと言いかけて口ごもった。

【2】


静かな路地に面したビルを出て、健一はサングラスをかけた。見送りの構成員たちをその場に残し、黒塗りセダンの後部座席へ乗り込む。

ドアを静かに閉めた高橋が、反対側から隣に乗る。

運転席と助手席には、健一の舎弟が座っていた。

若頭を務める『北林組《きたばやしぐみ》』の月例会が無事に終わったところだ。組事務所では引き続き懇親会が行われるが、組長に筋を通して退席した。

昨日の夜の酒が、昼を過ぎてもまだ身体に残っている。フロントガラスに弾ける初夏の日差しさえ疎ましく、苛立ちまぎれに運転席を蹴った。

ハンドルを握る戸部《とべ》が驚き、「うおっ！」と叫ぶ。助手席の金田《かねだ》は、とばっちりを逃れようと身じろぎひとつしない。

健一の隣に座る高橋は、冷静な声で言った。

「事故《コト》を起こすと問題ですから。その程度に」

「戸部の指でも詰めて、相手に送ってやればいいだろ。どうせ、ろくな仕事してないんだしな」

完全な言いがかりだったが、健一を諌《いさ》める人間はいない。

北林組は三次団体だ。もはや死に体と言ってもいいぐらいに存続の危うい末端で、繁華街から徴収するみかじめ料だけではとても食い繋いでいけない。

だから、男や女の身体を食い物にして、シノいでいる。

薬物売買には手を出さないのが、北林組長のポリシーだ。上部組織も禁止している。所属する団体は『大滝組系創生会《おおたきぐみそうせいかい》』といい、関東ヤクザをまとめあげる大滝組の二次団体であり執行部だ。

月例会で上からのお達しが発表され、健一の機嫌はいっそう悪い。そうでなくても、逃がした聡の代わりが見つからず、仕事を回してもらっている会社から小突かれている。

昨日の夜も呼び出され、タダ酒だから喜べとうそぶく相手に、しこたま高級ブランデーを飲まされた。

創生会とは別の筋に当たる、デートクラブの社長代行だ。

代行のくせして態度がデカく、自分より目下の人間の自尊心を、磨きあげた革靴で踏みにじるような悪辣《あくらつ》な男だった。

しかし、彼から受ける依頼が、北林組の大事な収入源だ。健一が社長をしている『サウス・プランニング』は、美少年裏ビデオを撮ったり、デートクラブが提携している風俗店に二十代前半の男を斡旋《あっせん》したりするのが仕事で、経費の大半は、そのデートクラブからの貸与で賄《まかな》っていた。

どんな商売でも、開業の資金を集めることが一番難しい。

「戸部の指なんかで済むなら、いくらでも詰めてもらっていいんですけどね。親指と人差し指は残してやってくださいよ」

高橋がいつもの調子で言う。残りの三本を落としても、二本残っていれば、何とか日常生活が送れるというヤクザ社会の冗談だ。

「えええ、嫌ですよ」

ハンドルを握る戸部は情けない声を出す。戸部と金田は、聡を連行したときにジャケットを着ていたふたりだ。

いつもの『仕事』なら、強面の石本《いしもと》と吉谷《よしたに》を加えた四人のうち、任意のふたりが組んでターゲットを事務所へ連れ込む。あの日は異例だった。

聡が特別だったわけではなく、健一を除く全員で明け方まで飲んでいただけだ。どうせだから一仕事、という流れに過ぎなかった。

「今日のあの話、本当に上手く行くんですか」

助手席の金田が話を変え、サングラスをかけたままの健一はむっすりとくちびるを引き結んだ。

上からのお達し。つまり、創生会からの命令は、敵対している菊川会《きくかわかい》との仲を正常化すること。つまり、上部組織のため、仲良くしろというわけだ。

「絡んでくるのは、いっつも、向こうなんですけどね」

金田がぼやき、その後ろに座っている高橋が忌々《いまいま》しげに息を吐く。

「笠嶋《かさじま》をくびり殺せば、万事解決する話ですよ」

柔らかな口調で物騒な男だ。腕組みをした健一が口を開いた。

「おまえらは妙な気を起こすなよ。関西が揉めてるから、飛び火を警戒しているんだ。執行部からの通達なんだから、おとなしく従ってろ」

「相手がおとなしくしなかった場合はどうしますか。創生会が責任を取ってくれるわけじゃないでしょう」

高橋が不満げに言った。

「何が言いたいんだ。おまえは」

組長には噛みつけないから、兄貴分の健一へ食ってかかるのだ。

高橋の言い分は聞くまでもなくわかっていた。

北林組と敵対する菊川会は、上部組織を持たないで大滝組に取り込まれた独立系の組織だ。そこに所属する笠嶋という構成員が、何かと健一に張り合い、絡んでくる。

幾度となく仕事の邪魔をされ、シノギを横取りされたことも片手では足りない。その都度、菊川会には苦情を入れたが、健一たちの親分はケンカを好まず、頭に血がのぼった高橋たちはそのたび、厳しく諫められてきた。

独立系組織は他団体との繋がりが見極めにくく、扱いが難しい。今回、創生会が菊川会を配下に取り込んだのも、大滝組中枢部からの指示があったからだろう。

北林組と菊川会はともに創生会の下部組織として、横の連携を求められることになる。

「社長は甘いんですよ」

高橋からさらに不満げに言われ、健一はくちびるの端を曲げて笑う。

「俺は、おまえたちにだって甘いだろ。笠嶋みたいな小《こ》バエを、気にしてられるかって話だ」

それよりも食っていくことが大事だ。正直なところ、ヤクザ社会での政治なんて、健一たち末端組織には関係がない。

政治よりも大事なのは金だ。金がなければ生活ができない。

その上で、同じような規模の組織とのバランスを取る必要がある。それは政治じゃない。人付き合いの延長であり、見栄とハッタリの力技だ。

笠嶋との因縁の元も、そこにある。かつて、健一と笠嶋は、女衒《ぜげん》の仕事を競《せ》り合った。結果、健一だけが登用され、笠嶋は脱落した。自分の不出来を棚に上げた笠嶋は、しつこく健一を恨《うら》んでいるのだ。

知ったことではなかった。健一を女衒として認め、色事師に仕込んだ男の見る目は確かだ。笠嶋では彼を満足させる結果は出せなかっただろう。

その自負があるから、健一は大抵のことに動じない。

「ケンカするなよ」

高橋に向かって言うと、しらっとした顔で視線がそれた。笑って耳を引っ張ると、邪険に振り払われる。

「ハエを払うのが俺の仕事です。あいつが社長の邪魔をしないなら、俺だって黙ってます」

「それより、見た目のいいのを早く引っ張ってこい。急ぎだ。この際、二重《ふたえ》の整形ぐらい金を出す」

「それほど切羽詰まってないいんじゃないですか？　そもそも、あのデートクラブは金を出しているだけだ。うちの仕事先は、別の筋でしょう。憂さ晴らしに付き合ってやるのも、ほどほどにしてください」

本来なら、北林組長の仕事だ。代行が立つ前の社長のときも、その前、健一を色事師として仕込んだ社長のときも、北林が呼び出されて接待をしていた。もちろん、組長が泥酔させられることはない。

代行になってから健一が呼び出されているのも、元々の付き合いがあったからだ。それを知っている高橋の眉が、ぎりっと吊り上がった。

「だいたい、自分の友人をいたぶって、何が楽しいんですか」

「あいつはツレじゃねぇよ。単なる知り合いだ。……おまえ、絶対に同席するなよ。ややこしくなるのが目に見えて面倒だ」

笑ってしまいながら肩をすくめると、助手席の金田が振り向いた。

「ほんと、高橋さんは社長のモンペですよね」

モンスターペアレンツの略で、保護欲が行き過ぎている比喩《ひゆ》だ。

「黙れ、クソガキ」

からかわれた高橋が即答する。

「こんなお母ちゃん、嫌だわ。俺」

健一もふざけると、高橋はますます険《けわ》しい顔になって助手席を蹴り飛ばす。運転席の戸部が叫んだ。

「だーかーらー。運転してんですって！　俺の指がヤバいデショ！」

喚く声を聞き、健一も運転席を蹴った。一度ならず二度三度と繰り返すと、そのたびに戸部がブレーキをかけ、車はシフトチェンジミスでノッキングしたような動きになる。後続車両にけたたましくクラクションを鳴らされ、誰よりも苛立つのは、一番温和に見られる高橋だ。健一の乗っている車が非難されるなんて、高橋には許せない。もしも煽《あお》り行為をされようものなら、ナンバーから家を割り出しかねない男だった。彼の見た目は、まさしく見せかけでしかない。

その頬を、健一は出し抜けにひっぱたいた。我に返った高橋の表情から険がなくなる。

「さっさと走らせろ」

健一は、戸部に鋭く命じた。車はやっと、まともな挙動を取り戻した。

その日は事務所へ戻らず、自宅マンションへ帰る。健一と高橋を降ろした車は、あっという間に見えなくなった。

「あいつら、俺がいないとやけに素早いな」

地下の入り口からエレベーターに乗る。セキュリティのしっかりしたマンションだ。木立に囲まれた六階建てで、健一は最上階を借りていた。同じマンションの二階に住んでいる高橋は、いつも通り、健一の部屋までついてくる。身の周りの世話も、高橋の仕事だ。

「あいつらが素早いのは、俺がいないからですよ」

エレベーターでの話を蒸し返した高橋は、玄関に置かれた椅子に座る健一の前で膝を突く。革靴の紐《ひも》を解いた。それから、先にすべての部屋を見て回る。戻ってきて、スーツの上着を受け取った。

「お休みになりますか」

健一が脱ぎ捨てる服を拾いながら、高橋は静かに言った。

「何でだよ」

いつもなら、ビールを勧められるところだ。

「懇親会を抜けられるぐらいですから、疲れていらっしゃるんでしょう」

「べつに。あれは上からの押しつけに文句を言っただけで……」

じっと見つめられて、睨み返す。高橋は無礼を詫《わ》びるように目を伏せた。

「眠れていないのではないかと……、心配しています」

「余計なお世話だ」

そっけなく答えたが、高橋の読みは当たっている。

下着も脱いで真っ裸になった健一は、高橋を残してバスルームへ入った。

シャワーを浴びて、髪も洗う。整髪料を取ると、気持ちがさっぱりした。

でも、酒気が残り、胃が重い。こんなに調子が悪いのも、ろくに眠れていないせいだ。

眠ったら、夢を見る。健一自身、よくわかっていた。

シャワーを頭から浴びて、健一はのけぞった。そのまま湯をがぶがぶ飲む。途中で咳き込み、口を拭いながら、シャワーを止めた。

聡との再会は恐怖でしかない。初めは彼だと気づかなかった。憂さ晴らしに、若い男をいたぶるだけのつもりでいたのだ。

人差し指をじっと見つめていると、聡のくちびるの感触が甦る。ぎこちないフェラチオを教育してやるつもりで指を吸わせたときも、気づかなかった。

でも、本当にそうだろうか。いままでも、あの子どもが成長していたら、このぐらいだと思わなかったことはない。だから若い男を仕込むのに嫌気が差し、気づいた高橋が仕込みの仕事をさりげなく取りあげていった。

あの日、久しぶりに男を抱こうと思ったのは、気分がむしゃくしゃしていたからだ。手コキされて傷ついた顔にそそられたときも、健一の心の奥には、あの子どもがいた。正確には、成長した姿の、あの子だ。

じっと見つめた自分の指を、いっそ切り落としてしまいたい衝動に駆られた。

それを感じ取ったかのようにバスルームのドアが開き、バスタオルで指を包まれる。

ワイシャツを腕まくりした高橋は、何も言わなかった。この一週間、聡の名前さえ口にしない。

健一が口にするのを待っているとわかっていたが、自分から切り出すつもりはなかった。切り出されても、怒り狂うだけだ。高橋は熟知している。

黙って脱衣所へ出ると、バスタオルで身体を拭われた。最後に自分で股間を拭き、用意されたリラックスウェアに着替える。

「眠剤をくれ」

声をかけると、高橋はうなずいて消えた。髪を乾かしてから寝室へ向かう。ベッドサイドのテーブルに睡眠薬と水が用意されていた。

飲もうとして、健一は動きを止める。飲めばぐっすり眠れるが、夢もたっぷり見るだろう。

「昨日は、飲みたくて出かけたんですね」

寝室の入り口に、高橋が立っていた。

「違う。クソ野郎が……」

言い訳に思えて、健一はうなだれる。高橋を前に嘘をついても、こじれるだけだ。

一番古く付き合ってきた。悪いときも良いときも、陰に日向《ひなた》に、健一だけを支えた舎弟だ。

裏切ることがあっても、裏切られることはない。ふたりの間の信頼感は気味が悪いほどで、健一と付き合う女たちはほとんど、高橋の過干渉を理由に別れを切り出した。

「そのクソ野郎から、付き合いきれないと、俺の方へ連絡が来ました」

「いつだ」

「昨日です。迎えに来いと言われましたが、社長に怒られるのは嫌なので断りました。お迎えにあがった方がよろしかったですか」

「……嫌味だな」

「社長を思えばこそですよ」

強気なことを言ったが、高橋の表情は引きつっている。健一がいつ爆発するかと身構えているのだ。

「ほっといてくれ」

睡眠薬を口に入れ、水を流し込んで飲みくだす。

「お目覚めになりましたら、話しておきたいことがあります」

そう言って、高橋は寝室のドアを閉めた。寝不足で対応できないような問題があっただろうかと、健一はベッドへ転がりながら考える。

睡眠薬が効いてくるまでの間、薄暗い天井を見つめた。指先に吸いついたくちびると、濡れた舌の感触を思い出す。『ミチ兄』と呼ばれたとき、心が震えた。久しぶりの、本当に久しぶりの、絶望に似た恐怖が健一の身に舞い戻った瞬間だった。

正体を知っていたら、手を出さなかった。なのに、なぜ、凌辱のあとで知ったのか。運命はいつも無残だ。

お互いに気づかなければよかっただけの話であり、健一も、呼びかけを無視して、別人の振りを装うべきだった。

なのに、いまもまた、押さえつけて穿ったときの興奮で、股間が熱くなる。もっと欲しいとねだった聡に足で締めつけられた腰が、横たわっていてもなお動きたがる。

たまらずに目を閉じた。眠りに逃げようと急ぎ、暗闇の中に聡の面影を追う。

こんなつもりではなかったと、健一は繰り返す。その相手もまた、聡だった。

夢も見ずに目が覚めて、睡眠薬が抜けきらない身体で起き上がる。寝室のドアを開けると、耳敏く聞きつけた高橋がリビングから出てきた。

「腹が減った」

とだけ告げて、シャワーを浴びる。下着姿で戻ると、高橋は台所に立っていた。

ダイニングテーブルはすでに調っていて、浅漬けや白和えの小鉢が並んでいる。健一は定席に座り、ぼんやりと煙草を吸う。すぐに粥《かゆ》と味噌汁の椀が出てきた。

「話があるって言ってなかったか」

木の匙《さじ》を手に取ると、灰皿が手元に押し出された。

向かいに座った高橋とは目も合わさず、煙草を揉み消して息をつく。話があるのではなく、話をしたいのだと理解する。

拒否する気力はもうなかった。

「まったく気がつかなかった……。べつに、劇的な再会を期待してたわけじゃない。できれば、会いたくなかった。俺は……いままで、おまえに何を話してきた」

「あのとき言ったこと以上のものはありません。……やはり、彼が、そうなんですか」

「調べたんじゃないのか」

「確認は取りました。社長のご実家のそばに住んでいた記録はあります。彼との間に何があったのかは……」

「俺は小児性愛者《ペドフィリア》じゃねぇぞ。何も、なかった」

言った先から、健一の胸の奥は軋《きし》んだ。

まだ『カワタノリミチ』と名乗っていた。気弱な父と教育熱心な母。出来の良過ぎる兄と比べられ、健一はいつでも不出来な弟の役回りだった。

「あいつの家庭は、近所でも有名でな……。育児放棄ってやつだ。いつも薄汚れてて、ガリガリで、殴られたんだろうアザが隠しようもないぐらいにたくさんあった」

「近所は通報しなかったんですか」

「知らないな。されなかったんじゃないか」

聡の母親はアルコール中毒で、泥酔しては叫び散らし、包丁を握りしめて息子を捜し回ることも、少なくなかった。

「俺の腕の傷、あいつの母親にやられたんだ」

健一の告白に、高橋の眉が動いた。

「初耳です。女に切られたって話は……。まあ、嘘ではないですね」

女であることに違いはない。恋愛関係がもつれた末の刃傷沙汰《にんじょうざた》だと勝手に誤解していた高橋は、ため息をついた。

「道理で後ろに傷があるわけですね。おかしいと思ってました。彼を守ったんですか」

「てめぇのガキを痛めつけて鬱憤《うっぷん》を晴らすなんて、女だろうが男だろうが許せなかっただけだ。聡とはそれきりだ」

切りつけられた健一がキレて、彼の母親を手酷く殴ったのも、ひとつの原因だろう。

「社長が地元にいられなくなった理由ですか」

「女殴ってヤクザになるなんて、珍しくもねぇだろ」

「確かにそうですね」

高橋は深くあいづちを打った。健一の過去の行いを責める男ではない。

「母親が病院に入ってからは、別居していた父親に引き取られたって聞いてる。どうなんだ」

小鉢の鰹節《かつおぶし》を粥に入れ、健一は静かに高橋の話を促した。

「ましな生活になったんじゃないですか。親と疎遠であることは、ターゲットにしたときからわかってました。母親と彼の年齢差は五つです。再婚したとき、母親は十八ですね」

「ふぅん……」

性格は聞かなくても想像がつく。

「父親も彼が邪魔だったんでしょうね。施設に預けようとしていたそうです。まぁ、壊れた前妻の子ですから、手に余ったんだと思います。後妻との間に子どももいますし……」

高橋はふっと笑い出した。

「義理の妹がふたりいるんですけど、これがもう、どうしようもないぐらいにブスで……。母親はまだマシですけど、彼に対する義理の母親の態度は、完全にひがみですよ。彼の方が段違いにきれいなんです」

「あいつは男だろ」

「思わないんですか？」

丁寧な言葉を使っていても、高橋は辛辣《しんらつ》に真実をえぐる。粥を口に運んだ健一は、話を無視した。答える必要はないと思ったが、高橋は待っている。

聞くまでは続きを話さない気だ。

「もっときれいな男もいるだろ。あいつは中の上だ」

「合格ラインですね」

「何の話だ。真面目にしろよ」

「無理です」

高橋は立ち上がり、台所へ消える。残された健一は、黙々と粥を食べた。味噌汁の具は蜆《しじみ》で、胃の奥に染み渡る。

幼い頃の聡は、取りすがってくるような子どもじゃなかった。煙草を吸ってみたいと言われて指を吸わせたのも、性的な意味があってのことじゃない。

でも、吸われた瞬間に、健一は欲情した。相手が子どもだという事実に嫌悪を覚え、そのとき、彼を持て余している事実に気づいたのだ。

子どもだから性的な対象にはならない。けれど、見つめられるたびに苛立ちが湧き起こった。出し抜けに突き飛ばして転がるのを眺め、もう二度と会うことがなければいいと思ったのは、ままならない人生の捌《は》け口にしたくなかったからだ。

「眠れないのは、彼のせいなんですよね」

高橋が戻ってきて、湯のみをテーブルに置いた。自分の分も置き、椅子に座る。

「『惚《ほ》れた』ということで、いいですね」

いきなり言われて、健一はむせた。睨みつけると、高橋は困ったように視線を伏せ、幼い仕草で顔を歪めた。

「俺、嫌なんですよ」

ぼそりと言って、くちびるの端を曲げる。

「社長が子どもに欲情しないことは知ってます。過去にそんなことがあったとも思いません」

「何が嫌なんだ」

「自分が間違えてると、思いたくない」

高橋は、意を決したように顔を上げた。

「間違えてない自負があります。あの子の話をするときの社長が、きれいな思い出話をしてると思ったこともない。それでも、いつか巡り会うことを、……期待してたのは知ってる。俺だけは、知ってるんです」

「……俺も知らないのに、か?」

ふざけた気分で言ってから、健一は後悔した。混ぜ返したぐらいで逃げられる問題じゃない。匙を置いて、自分の顔を両手で覆い隠す。

「俺は後悔したっていいんだ」

巡り会えたからといって、特別なことだと思いたくない。自分といることは、聡の人生のプラスにはならないだろう。ヤクザだからなおさらだ。

「俺は、それが嫌なんです。彼を突き放すことで、社長を後悔させたくない。……彼には彼の人生があると、そう思ってるなら、はっきり言います。この先、彼は不幸になります。過去よりも、いまよりも、ずっと悲惨だ」

「そんなこと言いきれるのか。金が問題なら、融通する。家族と縁が切れないなら、俺が切らせる」

「……彼を抱いたのは、社長なんですよ」

高橋から苦々しく言われ、健一は硬直した。指先が急激に冷えていき、震え出しそうになる。考えまいとしていた事実を突きつけられ、それは都合のいい思い込みだと反発を覚える。

「違うだろ。犯したんだ。レイプだ。強姦なんだよ」

「彼にとっても、特別な人だったんですよ、社長は。そうじゃなかったら、あんなことをされて『愛人になりたい』なんて言いますか？　いままで、いましたか。そんなヤツが。……いなかった。俺が知る限り、いません。社長の抱き方は容赦がないですから、快楽堕ちしても関係を続けたがるヤツはいなかったじゃないですか。あんなに感じさせて、トドメも刺さないやり方で放り出すなんて……。彼は望んで同じ目に遭いますよ」

「……それは」

　健一は口ごもった。優しくしたつもりはない。それでも、いままで仕込んできた男たちのように、肉体性玩具としてのトドメを刺す輪姦もしなかった。考えてみれば、中途半端だ。

　快楽に溺れた身体で、男を漁らないとは言いきれなかった。

　高橋が前のめりに身を乗り出す。

「後悔にも種類があるじゃないですか。美しい自己犠牲の末ならまだしも、ふたりして泥沼に落ちるだけの後悔なんて最悪です。現実を見てください」

「見てる。おまえがおかしいんだ」

　テーブルに肘《ひじ》を突いて、健一は伏せた首の後ろに両手を回した。長めに伸ばしたうなじの髪を、指先に巻きつけて引っ張る。

　何を言われても、否定しかない。例えばこれが運命だとして、受け入れることで何が変わるというのか。

　健一の物思いを無視して、高橋は容赦もなくマシンガンのように話し続ける。

「何度も抱いたのは、鬱憤晴らしですか。それとも、次がないと思ったからですか。……彼の中で、自分が特別だった自覚がないんですか」

「あったところで、どうなるんだ。酒乱の母親から救っただけだ。俺とあいつの間に、きれいな思い出なんて何もない。おまえは勘違いしてるけどな、俺は邪険に扱ってきたんだ」

「そのときだって、彼には良い人生が待っているはずだと信じたんですよね」

「……俺が言ったのか」

「泥酔してましたけど。……社長の本音が出るのは、俺の前だけです。愚痴《ぐち》も願望も聞き流してますけど、忘れてません。時間を置けば、彼がすべて忘れると思いますか？　俺にはそうは思えません。確実に身代わりを探します。それがカタギの優しい男だと思うのは、夢を見過ぎです。……それなら、いっそ店に出して、飽きるまでセックスさせたらいい」

「バカ言うな」

椅子の背にもたれた健一は、天井を仰ぎ見た。

「あいつは……」

男だと言いかけて、言葉を呑んだ。興奮剤を飲ませていたとはいえ、その日のうちに中イキできるほど仕込んでしまった。健一がメス堕ちさせて、男とのセックスを教えたのだ。

自分との行為の末に、アナルセックスに味を占めた若い男なら、何人も知っている。彼らと聡に、違いなんてないだろう。彼らは健一を恐れ、過去を引きずる聡だけが健一に懐いた。

現実を正しく見るなら、そういうことだ。

健一が特別なんじゃない。健一のセックスが特別だっただけだ。

「責任を取るべきですよ、社長」

「おまえは何様なんだ。俺に向かって、そんなことを言える立場か」

「いまさら、やめてくださいよ」

高橋は表情を引きつらせて身を引いた。匙か椀が飛んでくると警戒しているのだ。健一はそのどちらも掴まなかった。

椅子を蹴って立ち上がると、高橋も腰を浮かせる。

「俺が社長の不利益になることをすると思うんですか」

「知るかよ」

睨んだ健一を、高橋は真剣な顔で引き止めた。

「……食べてくださいよ」

「てめぇがうるさくて、食欲も失せる」

「眠れないだけじゃないはずでしょう。酒浸りじゃ、ろくなことにならない。……一兵卒じゃないんですから。食べてください」

腕を掴まれ、椅子に座らされる。ご丁寧に匙まで握らされた。放っておけば、口に運ばれそうな勢いだ。

「この話はもうやめます。ニュースを流しますか」

いつもの調子に戻り、高橋は大型テレビに近づく。手前のテーブルに置いたリモートコントローラーで、録画していたニュース番組を流し始めた。

＊＊＊

「ミチ兄は、働いてないの？　大人なのに？」

　境内の隅に落ちていた木の棒で、地面に◯を描き続けていた聡が本殿の階段へ戻ってくる。屈託のない目を向けられて、こいつはバカなんだなと健一は思った。

「何を描いてたんだ」

　子どもの質問を無視して尋ねると、痩《や》せた子どもは不思議そうに首を傾げた。いつ見ても同じTシャツだ。首元はだらしなく伸びきって、全体的にくすんでいる。

　それでも身体から異臭がすることはなかった。服も身体も髪も、自分で洗っているらしい。その上、食事の支度を含む家事も彼の仕事だという。小学校も後半になれば、たいていのことは自力でこなせる。母親の世話だってできるのだ。

「丸を描いてたんだよ。コンパスになれたら、完全な丸が描けるでしょ」

「なれたら、な」

　健一はそっけなく答えて、煙草に火をつけた。聡の視線が追ってくる。くちびるをじっと見つめられ、嫌な気分になった。

　まだ精通も来ていないようなガキが、濡れた目をして自分を見つめている。正直言って、気味が悪い。

唐突に肩を突き飛ばすと、聡はよろけた。足がもつれて、その場に転がってしまう。

「見るな。……向こうへ行ってろ」

声を鋭くすると、細い肩がビクッと揺れた。聡はうなだれたまま、這うようにして離れていく。本殿の前に置かれた賽銭箱にもたれて膝を抱えた。

ふたりはしばらく黙り込んだ。夕暮れと共に近づいた雨雲から、雫が落ち始め、やがて激しく地面を打った。本殿の屋根は張り出していたが、風が吹くと賽銭箱も濡れる。

聡の身体の半分も濡れていた。

こっちへ来いと声をかける気はない。聡も黙ったままだ。片足を雨の中に出して、自分から濡れている。

聡の母親は、家に男を連れ込むのだろうかと考え、健一は煙草をふかした。そんな噂《うわさ》は聞いたことがない。近所のおばさんたちは噂好きで、健一に対してもベラベラと他人の秘密を語る。そのついでに、健一の家の事情を聞き出そうとしてくるのだ。

健一は、あることないこと、すべてを一緒くたにして話してしまう。母親の耳に入ってもかまわなかった。いっそ、そうなってくれた方がいいと思う。

どんなに努力しても、自分は『兄』にはなれない。

彼女が求めているのは、兄のコピーだ。同じように頑張って、同じように結果を出すだけでは許されず、顔かたち、話し方話し声、一挙手一投足に至るまで、兄でなければならなかった。

なぜなら、兄の代わりに叱責を受ける必要があるからだ。本人に言えば嫌われるような厳しいことを、母親は健一に向かって投げつける。兄はいつもそれを盗み聞きし、自分を修正していた。

煙草の煙さえ湿るような激しい雨に囲われて、健一はうんざりと息を吐き出す。空気を読まない聡が這うように近づいてきた。

彼がもしも犬や猫なら、その狭い額を撫でてやるのにと思う。人間だから、できない。情をかけられて困るのは聡だ。

期待が絶望に変わる瞬間の苦痛を、自分が与えるなんて考えたくもなかった。そこまで心を歪めることができない。それが健一の性分だ。

視線をそらして、煙草のフィルターを噛んだ。

人差し指の先端が、じんわりと熱を持ち、聡の舌先のぬめった感触を思い出す。「吸えよ」と命じた自分の声を思い出し、言葉は喉元までせり上がる。股間が反応を示して、叫び出したくなった。

猫や犬じゃなくてもいい。せめて、この子どもが、もっと成長していたならと思う。

憤りが胸いっぱいに広がり、健一は手を振り上げた。聡が望むままに、その頬を張りつける。たいした力は入れなかったが、細い身体はどさりと倒れ込んだ。

そのまま、石段に頬を押しつけて小さくなる。

人の理不尽さを身に受けることが自分の役目だと思っている小さな身体はいびつだ。泣くでもなし、無表情にうずくまりながら、これでまだここにいられると考えている。

健一は煙草を投げ捨て、自分の顔を両手で覆った。

もしも、この子どもが、あと五年ぐらい年長だったら、せめて中学校を卒業していたら、自分たちが知る世の中の理《ことわり》は他人の理不尽なのだと、説き伏せることができたかもしれない。

責任を背負って、この町から連れ出してやることも、あるいは……。

「ミチ兄……？　ごめんなさい。……ごめんなさい」

起き上がった聡は、おどおどとした声で繰り返す。

「謝るな。これは、俺自身の問題だ。おまえのせいじゃない」

そう言っても、聡は理解できていない顔をするばかりだ。

悲しみの中に怯えがあり、謝ることも許されないなら叩いて欲しいと見つめられる。健一は内心で苦々しく思った。子どもを叩いても突き飛ばしても、心は晴れない。いっそう淀んでいくばかりだ。

しかし、聡にはそれしかない。そんなふうに、彼の母親が育てた。放置するばかりではなく、自分の感情の捌け口であることを正当化したのだ。

自分の母親を思い出し、健一は遠く雨に煙る景色へと目を向ける。

この町を出ようと思った。何が上手く行かなくても、閉塞した暮らしの中で、他人の抑圧を受けて耐えるよりはマシだ。そのとき、そう思えた。

この子どもを連れていく方法を、漠然と考える。それは曖昧模糊《もこ》としたまま、考えるだけで終わっていく。

誰かの人生を背負うことが、若い健一にはできなかった。

＊＊＊

数日、雨が続いた。ジメジメとして憂鬱《ゆううつ》な気分になる。

アルバイト先である居酒屋の更衣室で、聡はのろのろと着替えていた。ユニフォームを脱ぎ、タンクトップの上から私服のTシャツを着る。乱れた髪を手ぐしで直し、スラックスからチノパンツに穿《は》き替えた。

深夜営業に入る前に終わる早番の日だ。

「竹成ぃ。飲みに行かない？」

ロッカーの扉をぐいと開いて、アルバイト仲間が顔を出す。

「ごめん。無理……」

「えー、マジか。用事あんの？」

「大学のレポートやらなきゃ」

「真面目くんかよ」

笑いながら肩を小突かれる。

「また誘って」

ふざけながら手を払いのけて、ロッカーに鍵をかけた。

傘を手にして裏口から出る。雨は小降りになっていた。しとしとと静かな雨だ。

傘を差すと歩きにくくなる狭い路地を抜けると、ネオンまでもがかすむように湿気ていた。

「竹成くん」

女の子の声で呼び止められ、振り向くと、コンビニエンスストアの店先にアルバイト仲間のミカがいた。丸顔で背が低く、痩せて見えるのに胸が大きい。

「どうしたの？　傘、ないの？」

尋ねた先から、手元で閉じた傘が目に入る。

「待ってたんだ。ちょっといい？」

二十一歳のミカは、聡のひとつ下だ。

「駅まで一緒に行こうか。今日は雨だから電車なんだ」

声をかけると、硬い表情でうなずいた。傘を差し、ふたりは並んだ。平日の繁華街だが、終電が近いこともあって人の流れは多い。

「竹成くん、山本さんにお金貸してる？」

「え？　いや、貸しては、ないけど……」

「そうなの？　ほかの人から、一番多く貸してるんじゃないかって聞いて……。違うの？」

ある意味、聡が一番の犠牲者だ。でも、詳しいことを説明する気にはなれなかった。

「ミカちゃんは大丈夫？」

「……ありがと。あのね、山本さん、もうじき戻ってくると思う」

「連絡があったんだ？」

「私にじゃないよ。知ってる女の子のところに連絡があったんだって。その子、友達なんだけど、私が山本さんと付き合ってたことは知らないの。……あっちが本命だったみたい」

答えに困っていることに気づいたミカが、笑いながら腕を押してくる。

「ごめんね！　そういう話じゃないよね」

「その子、かわいそうだね」

聡の言葉に、ミカはハッとして振り向く。

「やっぱり、そうだよね。口に出して言ったら、すごくケンカになって……。山本さん、みんなにお金を借りて逃げてるなんて信じられない」

「親にでも借りて、戻ってくるんじゃないの？」

「……竹成くん、優しいよね。だとしたら、山本さんのこと許す？」

「ミカちゃんはどうなの？　借金と二股と、どっちがひどいのかは、ちょっとわからないね」

聡を売った金を手にしているのなら、山本は素知らぬ顔をして惚れた女の子の元へ戻るだろう。友人たちへ少しばかりの返済をして、人間関係の修復を計るかもしれない。

聡は暗い気持ちになり、駅へ向かう人の流れを追った。

山本から謝罪されるとは思えない。きっと、何事もなかった顔でヘラヘラ笑うだろう。人当たりがいいだけで中身がない、カラッポの笑顔だ。

それでも、社交的で冗談の上手い山本には人を惹きつける愛嬌《あいきょう》がある。その陰に立っているだけで、苦労せずに人間関係を構築できたのは、ありがたかった。

「山本さんは俺のこと、何て言ってた？　いなくなるまでの間で」

問いかけると、ミカは想像通りに黙り込む。この子に言わせるのは酷だと思い、聡は代わりに口を開いた。

「俺の言うことは何でも聞くバカ、って？」

花柄の傘に隠れるようにして、ミカはうなずいた。ないがしろにされている仲間だと同情したから、話をしようと待っていたのだろう。

「ミカちゃん。山本さんへの当てつけに俺と付き合っても、意味ないよ」

ケンカした女友達は、ミカにひどい言葉を投げつけたのだろう。彼女の自尊心は傷つけられ、ふたりを見返すためのカレシを作ろうとしている。それが、ぎこちない雰囲気から漂っていた。

「俺なんかじゃ、山本さんに笑われるだけだ」

「そういうんじゃない」

ミカが足を止めた。後ろから歩いてくるサラリーマンに舌打ちされ、聡は彼女をかばいながら道の端へ寄った。

「戻ってきた山本さんに言い寄られたくないの、私。……もう、騙されたくない」

「電話、かかってきたの？」

ミカは黙り込み、化粧をした目元を震わせた。涙が浮かび、ぽろりとこぼれる。

「……好きなの？」

尋ねると、力強く首を左右に振った。それでも、さびしさに勝てないのだろう。山本の勢いで誘われたら、断る自信がないのかもしれない。

「ミカちゃん。電話、貸して。山本さんの番号、俺が消すから。大丈夫だよ、何も惜しくないから」

そう言って手を出すと、ミカは携帯電話を取り出した。ロックを外し、山本の番号を呼び出す。渡された携帯電話を操作して、連絡先を削除する。

それから、いくつかのＳＮＳアプリを操作して、山本のアカウントをブロックした。

「竹成くん、私……」

濡れた目で見つめられ、聡は首を振った。

「ごめん。俺ね、好きな人がいる。付き合ってないけど、その相手しか考えられない。……ミカちゃん、シゲハルさんって知ってる？　シフトがかぶったことないかもしれないけど」

「……城田《しろた》さんのこと？　深夜のチーフ……」

「うん。イケメンとはほど遠いけど、すごくいい人だ。電話するから、送ってもらったら？」

「え？　いきなり？」

驚いたミカが目を見開く。聡は自分の携帯電話で、シゲハルに連絡を入れた。昼間は企業の契約社員として働き、深夜に居酒屋でアルバイトをしているダブルワーカーだ。

オタク気質で小太りだから女の子受けはしないが、将来の展望をしっかりと持っている大人の男だった。

ダブルワーカーなのも確固たる目標のためで、おそらく大きな失敗はしないだろう。ミカが恋をするかと考えれば、無理がある。でも、信頼できる大人だから、山本を拒むためのメンタルを支えてくれるはずだ。

「め、迷惑に……」

「山本さんに隙を見せたらダメだ」

聡を売ることに味を占めたとしたら、今度は女の子たちを金に換えるかもしれない。

山本への制裁はないと、あの日、高橋から聞かされたときに思った。別のヤクザが噛んでいるという話が本当なら、山本は喜々として人間関係を売るだろう。

「俺も一緒にいるから。三人でお茶でも飲もう。山本さんのこと、相談に乗ってもらおうよ」

「何で、そこまでするの」

ボロボロ泣きながら、ミカが腕にすがってくる。傘が傾《かし》いで斜めになった。

「ミカちゃんは、女の子だから。自分を大事にして欲しい」

聡が電話をかけると、シゲハルは二つ返事で快諾してくれた。でも、

『おまえも説教だぞ。金、貸したんだろ』

鋭く言われてしまう。笑って否定したが、噂は耳に入っているのだ。きっと、相談しなかったことを怒られる。

そぼ降る雨のように泣き続けるミカを腕にぶらさげたまま、聡も一緒にシゲハルの迎えを待った。


家に帰り着いたときには、時計の針がてっぺんを過ぎていた。シゲハルの車で、まずひとり暮らしのミカを送り、それから聡のアパートへ向かった。

携帯電話のメールアプリに通知がついている。部屋の明かりをつけながら確認すると、ミカとシゲハル、それぞれからだった。

ミカはシゲハルを紳士だと褒めていて、シゲハルはお礼のメールが来たと興奮していた。意外に上手く行きそうだと思い、聡はベッドへ倒れ込んだ。

帰りの車の中で、本当に金を貸していないのか、保証人になっていないかと、しつこく聞かれた。本当のことは言えない。それなのに、顔を見ればわかるとシゲハルは怒った。

刹那《せつな》主義だ、破滅主義だと、会うたびに叱《しか》られる。

かまわれるのは嫌いじゃないが、殴ってくれた方がいいと思うこともあった。精神的であれ、肉体的であれ、理不尽にさらされると心が停滞する。何も考えずに済む。

母親との破綻した関係を思い出し、思考が停止するからだ。シゲハルはそれに気づいているらしい。だから、聡がぼんやりし始める前に話が終わる。

過去について聞かれたことはなかったが察しはつくようだ。何度となく、育ちで人間が決まるわけじゃないと言われた。

いつかは自分を頼るだろうと思っていたのかもしれない。

でも、聡にその気はなかった。救われたいなんて考えたこともないし、シゲハルのような優しさは甘過ぎて困る。

彼の言う通り、刹那的で、破滅的なのだろう。

虐《しいた》げられていなければ、生きている実感が湧かない。

仰向けに転がった聡はチノパンを下着ごとずらした。ずくずくと疼《うず》く下腹をなぞり、膨らんでいる性器を掴む。

聡はマゾじゃない。叱られるよりも殴られた方がわかりやすいと思っても、殴られることや詰《なじ》られることが快感に繋がりはしなかった。

　暴力にさらされたいと思うことは、性的な嗜好《しこう》ではなく、心に刻まれた習性だ。普通のことじゃないと知っているから、いつも懸命に普通を目指した。そのために、山本に利用されるのも、からかわれるのも我慢したのだ。

　しかし、人の理不尽を許す聡は、どこへ行っても気弱だと決めつけられる。そして、人を卑下して快感を得る、ずる賢い人間の標的になってしまう。搾取されて従うことが苦にならないから、いっそう相手をつけあがらせるのだ。

　そのことは成長と共に学んだが、彼らに抵抗する気はなかった。

　自分のために行動を起こしても虚しいだけだと知っている。その先にある幸せを想像しても、維持することの難しさも見えてしまう。

　流されて生きる方が楽だし、詰られることで、生を実感する自分に傷つくことはない。

　下半身をいじりながら、聡は目を閉じた。再会した男の顔を思い浮かべたが、日毎に薄れていくようでたまらなく怖い。

「んっ……ふっ……」

　荒々しく犯されるときの恐怖が、胸の奥に爪を立てる。心を切り裂かれて悦びを知るなんて異常だ。それなのに、聡は快感を得た。

　彼だったからじゃない。気づく前に、身体は反応していた。

「あっ……ぁ」

腰が浮き上がり、下半身を激しくしごきながら、尻の穴をいじられる妄想をする。指でこじ開けられ、太くいきり立ったものを押し込まれる瞬間の記憶が聡を震わせた。

ティッシュを引き寄せ、数枚抜いて先端を覆う。息を詰めて、射精した。

虚しさは訪れず、興奮が尾を引く。このまま死んでもいいとさえ思う。

健一と巡り会い、彼と繋がった。相手にとっては強姦でも、聡にとってはもう違っている。男に犯される瞬間に感じた恐怖は、『これが彼だったら』という願望と、そうじゃないことの絶望だ。

結局、健一はミチ兄だったわけだが、ミチ兄であって、ミチ兄じゃない。塩垣健一。それが彼の、新しい名前だ。

はぁはぁと息を乱した聡は、目を閉じる。

ふたりの人生が、過去の延長線上にあるとは思えない。健一は名前を変え、新しい人生を手に入れたのだ。結婚したかもしれないし、愛している女がいるかもしれない。

現実を想像しても、胸は痛まなかった。

巡り会うはずのない人と出会った喜びの前に、すべては意味を失う。ただ、自分の世界の片隅に彼がいる。そのことだけが大事な現実だ。

高橋の言葉に期待を寄せた聡は、あれから数日、不眠に陥った。いくら待っても来ない連絡に落胆しながら、あきらめきれずに夢見る自分の、みすぼらしさが愛しい。

　それでもアルバイト疲れが積もり、不眠はあっけなく解消された。その程度のことだ。夢のような再会も、日常には勝てない。

　あの頃の記憶は確かに聡を支えてきたが、甘い幸福を感じていたからじゃない。行き詰まりを抱えていたミチ兄が、聡の身体をべったりと汚す不幸に触れ、苦しむのを見たからだ。

　ミチ兄は密かに胸を痛めていた。

　己の未熟さゆえ、愛情に飢《う》えた子どもを無視するしかないことに、時には傷つけるしかできないことに、ミチ兄自身も痛みを感じていたはずだ。

　だから、聡はあの頃を忘れない。

　誰にも顧みられることのなかった未熟な存在が、初めて、他人の心に動揺を与えた。初めて、人の心に傷痕を残した。

　不幸に慣れた子どもと、不幸から這い出ようともがく大人。それが、聡とミチ兄の思い出だ。

　そしてそれを、健一も覚えていた。

　新しい名前と人生を手に入れても、あの心の傷が残っている証拠だ。腕についた刃物傷のように、うっすらと細く、引きつって盛り上がり、残っている。

　だから、健一がいい。聡の過去に棲む男ではなく、いまの聡を犯した、健一のそばにいたい。

　想像に興奮した聡は、もう一度、自分の性器を握りしめた。何度も出し入れを繰り返された尻の穴が疼く。もう一度そこで感じたいと思ったが、自分で指を這わせる勇気はなかった。

いやらしい健一を想像することに心は満たされ、また必ず会えると、何の根拠もなく思い込んだ。

＊＊＊

高橋から説教を食らって一週間。思っていたことを言葉にできたおかげで、健一の不眠も食欲不振もなりを潜めた。

そもそも、ストレスに強くない。頑丈なのは肝臓と生殖器だけで、胃は、すぐに悪くなる。タフな振りができているのは、高橋の細やかなフォローがあってこそだ。

「そろそろ女を用意しましょうか」

胃薬をトレイに載せてくる几帳面な高橋の言葉に、健一は煙草をくゆらせた。灰皿に休ませて、胃薬を飲む。

事務所は静かだった。さっきまで掃除をしていた雑用係の丸川《まるかわ》は、昼食兼買い出しで不在だ。

「それとも、純情そうな男でも犯《ヤ》りますか」

あてつけがましくチクリと刺されたが、健一は取り合わなかった。

重役デスクで、合皮張りの椅子をぐるっと回した。背を向けると、高橋は遠慮なく半回転させて元へ戻す。

健一が睨むと、途端に視線を伏せる。従順さを装っているだけだ。

「うっせぇな、おまえは」

「山本の行方がわかりました。しばらく泳がせます」

「どういうことだ」

健一は、眉をぴくりと動かした。高橋が胃薬のトレイを持ち上げる。

「おい！」

去っていこうとする背中に声をかけると、ぴたりと足を止めた。スーツを着た高橋は、肩越しに振り向く。恨めしげな視線を向けられる謂《いわ》れはなかったが、文句はつけずに促した。

「続きがあるだろう」

「ご興味がおありですか」

「ある、ある。あるから聞いてる」

人差し指を上に向けて、ちょいちょいと呼びつける。トレイを応接セットのテーブルに置き、高橋が戻ってきた。

「泳がせるってことは、戻ってくるってことか」

聡を売った金では、彼の多重債務を完全に整理することはできない。健一たちは五十万で聡を買った。仲買に立ったのは、返金の滞る高橋との縁を切りたがった闇金融の男だ。そのうちの十万を取り分として支払ったと聞いている。

「実家の親に泣きついて、カードローンは片がつくようです」

「それで？」

「もう一度、彼を売るんじゃないかと」

「そういう男か」

煙草を揉み消して、健一は目を伏せた。

山本に関する件は、高橋が勝手に動いていることだ。

「地元の同級生が、菊川会に入っています。繋がりの有無は調査中です。相手が笠嶋の下だと面倒なので、慎重にやっています」

「……笠嶋か」

名前を口にするだけでもうんざりした。

健一が商売を軌道に乗せたのを見て、笠嶋は同じような斡旋業を始めたのだ。初めは女を専門にしていたが、それだけでは上手く行かず、手当たり次第に捌《さば》いている。健一に比べると、足下の危うい商売だ。失敗して首でもくくれば、少しは面白くなるが、しぶとく生き延びるだろう。

アンダーグラウンドな風俗店は想像以上に多い。だからこそ、彼に引っかかると悲惨だ。健一たちも強引だが、アフターフォローは欠かさない。資金源のデートクラブも、裏ビデオの会社も、受け皿の風俗店だって、えげつない商売だからこそ、自分たちの法律を持っていた。

しかし、笠嶋の界隈《かいわい》には、それがない。まるで無法地帯だ。

無意味に若い男女を輪姦し、躾けたつもりになっているだけで、アンダーグラウンドに売り飛ばす行為は、性産業とも呼べない本当の人身売買だった。

それでも、似たり寄ったりだと健一は自覚している。彼を非難することはなく、常に口を閉ざす。笠嶋よりもまともな商売だと、偉そうに胸を張り出したら終わりだと思っている。

「そろそろ、彼を保護したいと思います」

すっぱりと切り出されたが、健一に驚きはなかった。

高橋は、山本の背後に控えているヤクザが、笠嶋の配下だとおおよその当たりをつけているのだ。

「許可をください」

直立の体勢で立つ高橋を見つめ返した。背筋を伸ばし、両手を身体の脇に添え、あごをぐっと引いている。灰皿が飛んでも動じない覚悟が見えた。

「おまえが勝手にやってることだろ」

「バイトを辞めさせて、俺の家から通学させせます」

「男ができたって、噂されるな」

笑い飛ばしたが、高橋はぴくりとも表情を変えない。

「じゃあ、社長の家に置いてください」

「……できると思ってんのか」

「俺の下に付けて、新しい家政夫に仕立てます。それが無理なら、本当にもう……、俺の独断で動きます」

「好きにしろ」

健一は立ち上がった。真剣に取り合うことはできない。外へ出ようとすると、高橋が追ってきた。

「社長！　いいんですか。犯してくれと誘われたら、やりますよ！」

「あいつに惚れたのか？　どうして、そこまでするんだ」

足を止めて、振り向いた。高橋のネクタイを指先でなぞり、手に絡めて持つ。軽い力で引っ張っても、高橋の身体は傾ぐ。抵抗や反抗をするつもりがないのだ。

「俺のものだとわかってて動いているなら、試すようなことをするな」

健一は睨みもせず、無表情に言う。

「……車を用意します」

従順なくせに引く気のない高橋がうなだれる。いますぐ、聡を保護しに行くつもりなのだろう。

言外に付き添いを強要され、健一は感情の一切を押し殺した。

「笠嶋の件、嘘じゃないだろうな」

ジャケットを手に取り、確認する。

「社長を騙すぐらいなら、腹を掻き切って死にます」

高橋の発言はときどき嘘か本当か、はたまた冗談なのか、わからなくなる。対処に困るのだが、そこが面白くて憎めない。

「あいつが嫌だって言ったらどうする」

健一至上主義の高橋なら、相手の都合は黙殺するだろう。健一がよければ、それでいいのだ。

「愛人を志願したんですよ。夜泣きする身体を、夜な夜な慰めていると思います」

「……楽天的だな。ちっとはモノを考えろよ。俺のことだけじゃなくて」

高橋が押さえているドアから出ると、かすかな笑い声に追われた。

「社長のことだけ考えてるのがいいんです。自分より信じてますから」

「気味が悪い」

震える仕草をした健一は、振り向きざまに足で高橋を蹴った。機敏に逃げられる。舌打ちして、エレベーターに乗り込んだ。

「面倒だ」

低い声で言い放って、話を終わりにする。

再会なんてしなければよかったと、健一はまた思う。

犯す前に気がついていたら、もっと違う方法があったと、そう思うことだけに救われる自分がいる。

もしも普通に巡り会えたら、どうするつもりでいたのか。

考えても答えはない。こんなことは絶対に起こらないはずだった。

健一に続いて乗り込んだ高橋は、無駄口を叩くことなくエレベーターの扉を閉じる。健一は、今度こそ彼の向こうずねを蹴った。

＊＊＊

朝が来るたびに、ため息をつく。夢を見たときも、見なかったときも、聡は震えるような息を吐いてまぶたを開く。

夏掛けの薄いタオルケットの中で、パジャマ代わりのハーフパンツを脱ぐ。下着の中に手を入れた。

朝勃ちは生理現象だ。しかし、触れてすぐに感じるムラムラとしたざわめきは、性欲に違いない。下着もずらして、タオルケットを蹴り飛ばす。

大きく足を開いて、自慰に耽《ふけ》った。屹立をしごきながら、後ろにも指を這わせる。初めは戸惑いがあったが、繰り返しているうちに慣れた。

胸の奥が切なく痺れ、激しく責め立ててきた健一の腰使いを思い出す。夏めいた光がカーテンの隙間から差し込む爽やかな朝だというのに聡は、健一から教えられた、卑猥で恥ずかしい言葉を口にする。声に出して耳で聞くと、薄暗い興奮が募った。

『愛人じゃ嫌なんだよ、うちの社長は』

高橋の声がかぶさるように聞こえ、目を閉じた聡は泣きたい気分になる。自慰の気持ちよさに息が乱れ、腰が幾度も浮き上がった。

「あっ、あっ……」

開いた足の間に、健一がいたら。

渋い不機嫌な顔で、罵《ののし》るように犯してくれたら。

また、あのときのように理性が飛んでしまうのだろうか。

待っても、待っても、健一は現れない。高橋からも連絡はない。

自分は騙されたのだと、射精を終えてから考えた。汚してしまった手のひらをティッシュで拭い、すごすごと立ち上がって台所に立つ。手を洗って、そのまま身支度を整えた。

洗濯機を回している間に、食パンを焼き、作り置きのゆで卵を食べる。部屋にテレビはなく、音楽もめったに聞かない。

窓を開けると、斜め下の部屋からテレビの音が聞こえた。

洗濯物を部屋干しにして昼前に出かける。

狭小地に建てられたアパートは、隣のマンションと隣接している。反対側にも背の高いビルが建ち、日当たりは悪い。

手すりの錆《さ》びた階段を静かに下りて通りへ出る。すると、いきなり強い日差しにさらされた。梅雨の中休みにしては、ずいぶんと晴天が続いている。今日に至っては、夏日の日差しと気温だ。

聡は手をかざしながらたじろぐ。健一との行為を思い出しながら自慰をした感覚が尾を引き、晴天の爽やかさにうしろめたさを感じる。

そんなことは誰も想像しないだろうと思い、聡はくちびるを歪めた。これから会うシゲハルもきっと、聡の心の中までは覗けない。

そうでなくても、他人の欲望からは目をそらすものだ。

聡は駅に向かって歩く。

シゲハルから、ミカとのことで相談に乗って欲しいと言われ、今日はランチをしながらの作戦会議だ。おそらく、告白するつもりだろう。

意外とミカも乗り気で、切り出されるのを待っていることは聡の方で確認済みだった。まだシゲハルには明かしていない。

駅に続く道は日陰がまったくなく、コンクリートに強い日差しが照り返す。目を細めたくなるほど、反射はきつい。汗が滲むのをうっとうしく感じながら道の端を歩く。車の気配を背中に感じ、狭い道のさらに脇へ避けて立ち止まる。

黒塗りの高級車が、静かにスピードを落とした。

スモークフィルムを貼った後部座席の窓が開く。

「ちょっと、聞いてもいいか」

声をかけられて驚いた。そこに座っているのは健一だ。

運転しているのは高橋で、彼は、暑さなど微塵も感じさせず、きっちりとスーツを着ている。

「就職、まともにする気はあるんだろうな」

「え？」

半月ぶりに現れて、いきなり投げられた質問の意図がわからない。首を傾げた聡に向かい、健一は不機嫌に眉をひそめた。渋みのある顔には、あくどい表情がよく似合う。

「ヤクザなんてな、勧められるようなものじゃない。だからな、おまえには、盃《さかずき》なんてやれないんだよ」

「……え？　はい？」

「愛人ってことにしておかないと、いろいろと面倒だって、高橋は言うけどな……」

「社長。乗ってもらったらどうですか」

運転席からあきれたような声が聞こえる。話の腰を折られた健一は、苛立った表情で運転席を蹴りつけた。

眉根を引き絞った厳しい表情のまま、聡を見上げてくる。

「だいたい、おまえはどうして幸せになってないんだよ。ふざけるな。誰が痛い思いをしてかばったと思ってんだ。あの母親がいなくなれば、おまえはまともな暮らしができたはずだろう」

「……親父は女の趣味が悪くて……」

答えながら、聡は薄ぼんやりと想像した。

この男は、半月もの間、何を考えていたのだろうか、と。

顔を見て初めて、リアルに想像した。

「いまは、幸せなんだけど……」

車の窓枠に手を掛けて、聡は身を屈めた。

「会えない間、健一さんのことを考えてた。いつも、何だか、こう、ふわふわして……。こうやって話せるの、すごく嬉しい……」

ずっと抱きしめられたかった。

足りなかったのは、内側を刺激される感覚だけじゃなく、健一の腕に拘束されて、どこにも行けない自分にされることだ。

そして、正体を知るまではされなかったキスを思い出した。たった一度だけしてくれた。その瞬間のことだ。

「もう、乗っちゃってください。後ろから車が来ると面倒ですから」

運転席の窓を開けて、高橋が言った。聡は意を決して後部座席のドアを開いた。健一はそこから微塵も動こうとしない。仕方なく膝の上に乗ってドアを閉める。

窓が上がり、車が走り出した。

「遠慮しろよ、聡」

不機嫌に言われたが、膝から降ろされることはなかった。シゲハルとの約束が脳裏をよぎり、連絡を入れておきたいと思ったがやめた。健一の気が変わってしまったら、もう二度と会えない。

聡は身をよじらせ、ドアに背を向けた。健一の膝に乗ったまま横向きになる。

「名前、覚えたんだ」

呼ばれたことに素直な感激を覚える。まるで夢のようだと思うのに、

「はぁ？　うるせぇよ。黙れ」

健一はトゲトゲしく、つれない。

「黙るから、話の続き……、聞かせて、ください」

過去の記憶がおぼろげに甦る。ミチ兄と健一を比べるように、じっと見つめた。聡の内心に気づいた健一は、ぎりぎりと眉根を引き絞る。

視線は逃げなかった。睨みつける鋭さで見つめ返され、どちらともなく顔が近づく。ごく自然だった。くちびるが触れそうになったところで、健一がため息をつく。顔を背けて、離れる。

「こんなこと、してる場合か」

舌打ちをしながら、聡の耳へと手を伸ばした。指でつまれて、骨の上を揉まれる。

「もしも、俺がおまえを不幸にしそうになったら、俺を捨てて逃げられるか？」

健一の真剣な問いに、聡はまばたきを繰り返す。言葉は耳から入って脳へ届き、胸へと落ちていく。

言われたことが理解できた。そして、相手に、どう扱われているのかも理解する。

「嫌だ」

はっきりと答えた。親に対してさえ見せたことのない、毅然《きぜん》とした反発だ。

健一は顔をしかめた。

「……それじゃ、困るんだよ」

「困ること、ない。ときどきそばにいて、同じ空気を吸えたら、俺はそれだけで幸せだから。

……不幸になるなんて、思わない」

「ガキが」

「愛してます。……そう、言いたかった」

俺だけが、あんたを、一番に好きでいる。そして、誰よりも求めている。

あの境内で肩を寄せたとき、突き飛ばされて転げたとき、言われた通りに指先を吸って憎しみの目を向けられたとき。

いつだって、そう言いたかった。ただ、言葉を持たなかっただけだ。人に恋い焦がれる、その気持ちに名前があることを、幼い子どもは知らなかった。

「ガキが」

と、健一は繰り返す。聡は有無を言わさず、膝へまたがり直した。健一の首に指を這わせると、胸が軋んで痛くなる。

涙がこみ上げてくるのと同時に、身体の奥に火がつく。

純愛を振りかざせば、悪い大人は居場所をなくしてしまう。

それがわかって、いっそう辛かった。健一にも暮らしがある。犯罪スレスレで、ときにボーダーを越えながら、アウトローな生き方に従事している。

聡のような存在は重荷になるのかもしれない。それでも、身を引くことはできなかった。

「俺のことも、愛してください。あんたの都合のいい方法でいい」

健一の顔を覗き込み、答えを探す。正解を得なければ、大人はまたそっぽを向いてしまう。

淡い恋情程度では、縛れない。もっと確かな約束が必要だった。

聡は迷いながら言葉を選んだ。必死になって、健一を掻き口説く。

「……ちゃんと、働きます。ヤクザの世界に首を突っ込みません。チンピラに犯《や》られそうになったら、金ももらいます」

「それは本気にするな」

「じゃあ、どうしたらいい」

「いや、やっぱり金をもらって、犯《や》らせとけ。ケガをするなんて、バカげてる。そのあとは、俺が濃厚な一発をかまして、相手は半殺しにする」

健一の手が、聡の髪を耳にかける。そのまま引き寄せられ、指にくちびるをなぞられる。ゆっくり迎え入れて吸いつくと、その端から健一のくちびるが近づいた。

キスが始まり、舌先が水音を立てて絡み合う。

「んっ……。ちょっと、え……」

ズボンのファスナーを下ろされ、聡はどぎまぎと焦った。

「こ、ここで……？」

車の中だ。運転席には高橋がいる。

「触らせろよ。どれだけ禁欲してたと思ってんだ。目が覚めるたびにおまえの身体を思い出して、そのたびにシコって……。俺は高校生か？　なぁ？」

睨みつけられて、聡はぷっと吹き出した。

自分と同じだ。でも、お互いの葛藤《かっとう》は意味が違う。

理解していたが、共通する欲情があると知れたことが嬉しくて、聡はこらえきれずに声を出して笑った。

たった一度のキスで、葛藤のすべてを忘れてしまう健一がたまらない。眉根に深いしわを刻む男の髪を引き、聡は甘くささやいた。

「幸せにしてくれとは言わないよ、健一さん」

「俺は言うぞ、聡」

煽られたと気づいていない健一の眼光が鋭くなる。

「おまえがいないと、俺は不幸だ。もう手を出せないほどのガキじゃない。……俺が仕込んだ身体だ。誰かの好き勝手には、させない。俺を不幸にするなよ」

健一の視線が熱を帯びた。聡の幸せを願いながら、自分が幸せにするとは言えない大人だ。照れを隠した瞳が気怠く潤《うる》み、暴力的な欲情がじわりと浮かぶ。

「愛してる、って言えばいいのか」

不器用な男は、愛の定義を深く考え過ぎていた。

ヤクザの立場を考えて、この場だけの嘘がつけず、この期《ご》に及んでキレイな言葉を選ぼうとする。いま、この瞬間がふたりの中に思い出として残ると考えているなら、健一は見た目とは裏腹にロマンティストだ。

「言って、ください」

首にしがみついて、聡は笑った。

互いの張り詰めた下半身が布地越しにゴリゴリと擦れ合う。塩垣健一という男の本質を感じ、聡は震えながら身を寄せた。彼は思い出のミチ兄と同一人物だが、そっくりそのまま同じじゃない。

ミチ兄は『健一』になった。あの頃よりも、強い大人になったのだ。そして聡も、抱かれて差し障りのないほどに成長した。

「ん……やらしぃ……」

わざと下半身を擦りつけられ、手のひらがシャツの下に潜り込む。乳首を探られ、甘い息を吐いた。

「あのーですねー」

運転席で高橋が声をあげる。

「このまま近くのラブホに突っ込みますから、そこでお願いできますか。俺は、竹成くんの身体が心配ですよ……」

そう言われたが、待ちきれない健一は無視をした。

くちびるをたっぷりと口に含むように吸われ、舌が濃厚に絡む。ぬめった互いの舌の感覚は、妄想の何十倍もの刺激を聡に与えた。

股間はもう苦しいほどに張り詰めていて、下げられたファスナーが上がらず、隠しながらラブホテルの駐車場を横切った。健一の背中を追う。手を引いてくれるほど優しい男じゃない。

でも、部屋の中に入った瞬間に抱き寄せられ、心理を理解した。服を乱暴に剥がれてベッドに押し倒された聡の身体をたどる健一の指は、凍えるように冷たい。

つれなく振る舞うのは、健一にこそ欲求があるからだ。触れたら最後、切れてしまう理性を、大人の意地で繋いでいる。

「健一さん……っ、健一さんっ」

激しいキスの合間に呼びかけながら、聡は求められるままに足を開いた。羞恥にかられる余裕もない。

膝の間に健一がいると実感するだけで、息があがって苦しくなる。はぁはぁと荒い呼吸を繰り返し、自分の片膝を抱き寄せた。

「後ろもいじってたのか」

ローションを絡めた指が這った瞬間にのけぞってしまい、聡は顔を真っ赤にした。刺激に怯えた場所は、撫でられてうごめく。もっともっとと声をあげるくちびるのように、弛緩と収縮を繰り返した。

「自分の指でいいところまで触れたか?」

意地の悪い顔をした健一が覆い被さってくる。ねっとりとキスされたあとで、聡はぶんぶんと髪を振った。

健一がいっそう好色な笑みを浮かべ、

「だいたいおまえは、イイところを知らないだろ」

舌なめずりをしながら指を動かす。短く切り揃えた爪は、聡に痛みを与えず、ローションで濡れていて、抵抗もなくめり込んでいく。

「んぅ、んっ……」

ぐいぐいと指先でえぐられ、聡は身をよじった。会えなかった間ずっと考えていた以上に、男の指は太くて熱い。

息を乱しながら肩へ手を伸ばすと、健一は、そのままスッと沈み込んだ。

「えっ……、うそ……っ」

気づいたときにはヌメった舌が這っていた。先端からねっとりと粘膜に包まれる。

「あ、うぅ、ん……っ」

健一の口の中へ呑まれたと思うと、聡は我慢ができなかった。腰はひっきりなしに揺れ悶え、力尽くで押さえつけられていないと反射的に突き上げてしまう。

「あっ、いいっ……きもち、いっ……」

口淫の刺激に加え、指で後ろを犯された聡はのけぞった。くちびるに押し当てた手の甲に歯を立てる。

火照った肌に、汗が滲み、

「健一さん……っ。俺ッ……」

あっさりと登り詰めてしまう恥ずかしさに涙ぐんだ。やり過ごすことができない絶望に奥歯を噛む。

「あぁっ、あっ！　無理……っ」

じゅるっと音を立てて吸われ、卑猥さにガクガクと膝が笑う。

男のくちびるに促された聡は、艶かしく腰を突き出した。

欲求がのたうち、出口を求め、その間にも指に裏側を擦られる。そこに『前立腺』があることは知っていた。

健一の性器で擦られ、快感を覚えた場所だ。

刺激を与えられながら射精した聡は激しく息を乱した。

ラブホテルの天井を見上げると、無地のクロスがゆらゆらと揺れて、めまいを感じた視界はぐるぐると回り出す。そこへ健一が現れる。

聡はどんな顔をすればいいのか、わからなくなった。

泣きたいほど切ないのに、その人がいるだけで笑いたくなってくる。生きてきたことのすべてが肯定されるような、謎の達成感に、戸惑いながらも手を差し伸べた。

「俺は、愛人ですか……」

「違う」

自分の口の中を探りながら答えた健一は、歯に挟まった短い毛を取り出した。聡の陰毛の付いた指を、事もなげに自分の腰へ擦りつけて拭う。

「愛人じゃないなら、俺は、何になればいいんですか」

「おまえは、おまえだろ。竹成聡」

健一の頬へ触れることを戸惑っていた聡の手が、ぐっと強く掴まれる。指先をぬらりと舐められ、太ももがまた左右に押し開かれた。

「俺を昔の名前で呼ぶなよ。それは、おまえをどうにもしてやれなかった男だ」

健一の低い声は、聡の胸の内に響いた。震えながらうなずくと、苦渋の表情で見つめ返される。

「塩垣健一が、おまえを守るとも思うな。俺はヤクザだ。自分と組のことしか、頭にない。だから、本当なら……」

口ごもる健一の昂ぶりが、すぼまりを突いた。ずるりとはずれ、また押し当てられる。迷うように、焦らすように、ローションで濡れた昂ぶりは動き続ける。ぬめりを塗り広げながら、聡の股の間をさまよっていた。

期待をかわされる聡は、たまらずに息を弾ませる。尻の穴から前へ向かう直線も、性感帯だ。やわやわと刺激され、むずがゆさを感じるにつれて、精を放って萎えていたモノがむくりと首をもたげる。

ふたりの欲望は、確かにそこにあった。

あの頃には知り得なかった淫心が、聡を搦め捕り、耽溺《たんでき》の中へ引きずり落とされる。それでも、よっぽど幸せだった。

普通に進学して、普通に就職して。それ以外に生きていく目的があるとも思わなかった。そんな自分を、生まれて初めて、かわいそうだと実感する。

愛されることなく、存在を否定され、いつだって、ここではないどこかがおまえの居場所だと責められた。

包丁を持ち出す実の母親にも、娘ふたりを守ることに必死だった義理の母親にも、聡の存在を失敗だったと思っている父親にも、目障りな存在だと疎まれてきた。

誰も聡を必要とはしなかったし、次の瞬間に消えていても、気にも留めないどころか、二度と現れないで欲しいと思われる。そういう存在に過ぎなかったのだと、聡はようやく納得した。

この世の中に、かわいそうな人間なんてありふれている。それでも、聡は、自分に同情した。

誰の不幸とも自分を重ねず、ただ『かわいそうな自分』をどう満足させるのか、それだけを考えた。

健一の下半身へと手を伸ばし、焦らすばかりの悪戯《いたずら》な昂ぶりを掴む。

「自分のことは、自分でやります。健一さん。でも、……これは、ひとりじゃ、できないから」

腰を浮かしながら、指で慣らされた場所へと切っ先をあてがった。

「んっ……ん」

自分で腰をよじらせ、先端から呑み込ませていく。圧迫感の苦しさに喘ぎ、聡は浅い場所にとどめたままで腰をくいくいと動かした。押し開かれた襞のすぐ内側から、奥へと快感が響く。

それだけで気持ちよくなり、目を細めながら喉をさらした。

「まだ全然、入ってない」

健一が唸《うな》るような声で言った。ねじ込むような動きで、じりじりと内壁を擦られ、浮き上がる腰を掴まれる。

男の指の力強さに、聡は抑圧の快感を得た。

「あっ、あぁっ……ァ」

声をあげると、

「エロい身体に育ちやがって……」

健一は途方にくれた口調でぼやく。でもすぐに、くちびるの端をニヤリとさせた。

「もっと俺の形を覚えろ」

顔が近づいて、くちびるが重なる。

うっとりと味わいたかったが、健一の激しい腰使いに翻弄された。

「んっ、んんっ……ぁ！」

息をつく間もないほど、健一は腰を振り立てる。強く勃起したオスを押し込まれる苦しさに、聡は顔を歪めた。

頭の中で、あの色あせた鳥居が浮かび上がる。燃えるような夕焼けを思う。

子どもだった自分はもうどこにもいない。

大学生だった男もいない。

存在しているのは、名を変えた男と、成長した聡だけだ。

自分の足で立つ男がふたり、ぼんやりとしながら並んでいる。ただ、それだけの景色だ。

「健一さんっ……」

しがみつくと、足を抱き上げられた。促されるままに腰へと絡め、もっと奥を穿たれたいと求める。

リズミカルな動きに快感を得ながら、聡はキスをねだった。

くちびるが触れ、舌先が絡み、涙がまた、じわりと滲み出す。健一の興奮はゴリゴリとした感触がするほど硬く、狭い聡の柔肉を掻き乱す。

快感が募り過ぎて心臓が破れそうになった聡は、呻くように身悶える。いつのまにか泣いていた。まるで快感責めだ。ひぃひぃと喉の奥で息が引きつれる。もう無理だと身をよじらせても、追われて引き戻される。

「あっ、あぅ……っ！」

びくっと跳ねた身体がぎゅうっと緊張して、聡はブルブルと震えた。頭の芯が快楽で爛れていくような気がして、健一の肩に頬を擦りつけながら聞いた。

「きもち、いい……？」

息が切れて、言葉は喘ぎに紛れる。健一は舌打ちを響かせた。

「よくもねぇのに、こんなに勃つか。おら、もっと、声出してよがれよ」

がつっと奥を突き上げられ、聡は悲鳴のような叫びを漏らす。指先までジンジンと痺れ、身体中が心臓になったように脈を打った。

「あっ、あぁっ……」

健一のくちびるが肌を這い、首筋や鎖骨をなぞられる。

びくびくと敏感に反応する聡の身体を、面白がるようでもあり、ただ愛撫《あいぶ》をしているだけのようでもある。

舐めたいから舐めている丹念な舌使いに、聡はたまらずにしゃくり上げた。

「くっ……はっ……ぁ。も、イく……。きもち、いい、からぁっ……イく、イく……っ」

四肢を突っ張らせて訴える。身体が自分の意思とは関係なく弾み、目の前でちかちかと光が瞬く。

「うっ……うぅっ！」

鈍い感覚が肌の内側を這いずり回り、シーツを強く掴んでのけぞった。浮いた身体の裏側に、健一の腕がねじ込まれ、胸が密着した。

健一の肌の熱さを感じ、聡はいっそう艶かしい声をあげる。身体を痙攣させながら得る絶頂の中で、男の声が耳元を犯した。

その口調は意地が悪く、声は淫らに濡れている。

でも、言葉だけは真摯《しんし》に熱っぽく、聡の胸の奥へと染み込んでいく。

「おまえに、惚れた」

苦痛をこらえる健一の息づかいが続き、告白を聞き取った聡はしっかりとしがみついた。

あの頃のふたりは、どこにもいない。

ここにあるのは過去の幻影ではなく、孤独の中で生き延びたふたりだ。そして繋がり合っている。

この瞬間だけは離れることがなかった。

肌を重ね、名前を呼び合いながら、互いに溺れて快感を追う。ひとしきりの貪りだった。獣のように吠える聡は、同じように吠えた健一に顔を覗き込まれた。

骨張った大きな手が、額に貼りついた聡の髪を掻き上げる。涙で濡れた目で素直に応《こた》えると、健一は疲労の滲んだ薄い笑みを顔に浮かべた。

「聡。おまえ、メシは何が好きだ。高橋に、店を予約させる」

そう言われて、聡は驚いた。

これでまたしばらくは会えないと思っていたからだ。

健一は困ったように顔を歪め、顔を背けて言った。

「愛人じゃねぇ、って言っただろ。俺がやりたいときに足を開けなんて言ってねぇぞ。……おまえのこと、何も知らないから……、だから、何が食いたい。焼肉か、中華か？　イマドキの大学生ってのは、何を食って生きてるんだ」

「……牛丼」

嗄《か》れた声で答えると、

「それは却下。いまさら、食えるか」

笑った健一は、聡のそばにごろりと転がった。触れ合っていなくても、男の身体から発散される熱を、肌が感じる。

甘酸っぱい感情を胸いっぱいに掻き集めて、聡はゆっくりと横を向く。

「俺、好き嫌いないから。健一さんの食べたいモノでいいよ。……俺も、知りたい」

「俺はな、若い男の肉、かな」

ふざけたことを言った健一に抱き寄せられる。臀部を鷲掴みにされ、揉みしだかれた。

声をあげて笑ったふたりはしっかりと抱き合い、大きなベッドの上をゴロゴロと転げ回る。

端から見たら、バカバカしい行為でも、誰も見ていないのだからよかった。お互いが愚かな存在であることを受け止めながら、少しでも密着していようと相手を抱きしめ合う。

それは、夕方まで出てこないのではないかと業を煮やした高橋が、退室を促す連絡を入れるまで続いた。

【3】

いつのまにか、ソファで寝落ちしていた聡は、携帯電話の呼び出し音で目を覚ました。あたふたと探し回り、クッションの下から掘り出す。表示されているのは、シゲハルの名前だった。

迷いながらダイニングを振り向くと、その奥にあるキッチンから食欲を刺激する匂いが漂ってくる。リビングのソファからは見えないが、高橋が料理をしているはずだ。

聡は電話に出た。

『いや、どうしてるかと思って』

ありきたりな挨拶をしたあと、シゲハルが言った。一ヶ月前、シゲハルとの約束をすっぽかした聡は、その日のうちに謝りの電話を入れた。それからすぐにアルバイトを辞め、いまは健一の家にいる。

同棲と呼んでいいのかどうか、怪しいところだ。健一は何かと外出するし、家事はすべて高橋の仕事だった。

聡にできるのは、ベッドを整えることと、乾燥機から取り出したタオル類を畳んで片付けることぐらいだ。

「シゲハルさんはどうなんですか。ミカちゃんと上手く行ってます？」

ふたりの仲を積極的に取り持ったのは、すっぽかしの埋め合わせをするためだった。

『何も問題はないから、上手く行ってるんだと思うんだけどなぁ』

自信なさげにぼやくのは、シゲハルにとって、初めてのカノジョだからだ。

『卒論はどうだ』

「それなりに頑張ってます」

答えながら、片膝を抱き寄せる。

アルバイトを辞める理由は、卒業論文の執筆に集中するためと説明していた。生活費は親が払ってくれると言ったら、シゲハルはどこか心配そうに笑った。

『元気にやってるならいい』

「ミカちゃんにも、よろしくって伝えてください」

『連絡先知ってるだろ？』

不思議そうに聞き返されて、聡は吹き出した。

「いいんですか。カノジョが、男とメッセージ交換してても」

『おまえが横取りするほど性格悪くなるなら、見てみたい。ってか、信用してるんだっつーの』

笑い声が電話の中に響き、もう少し話していたい気分だったが会話を切りあげる。

そろそろ健一が帰ってくる時間だ。電話を切った聡は、ダイニングからアイランドキッチンを覗き込む。

「高橋さん。『戻り』の連絡ありましたか？」

振り向いた高橋は、片手に持った携帯電話を振った。ワイシャツの袖をまくり上げ、帆布《はんぷ》を藍染《あいぞ》めにしたエプロンを身に着けている。

「連絡来たところ。もうすぐ下に着くって」

今日はゴルフとランチの接待コースだ。運転手とお付きは、別の舎弟が務めている。聡が拉致《らち》されたときにジャケットを着ていた二人組だ。金田と戸部は二十代後半の構成員で、片方が別の組織のヤクザだというのは、聡に対する嘘だった。

マンションで暮らしている聡と初めて鉢合わせしたときのふたりはおかしかった。金田は幽霊を見たように固まり、戸部は虫を踏みつけたように悲鳴をあげたのだ。

健一が『飼うことにした』としか言わないから、聡はこっそり質問責めにされた。あたふたしているところを助けてくれたのは高橋で、『察しろ』と言われたふたりは顔を見合わせてうなずいた。何を察したのかは、わからない。でも、それ以降は普通の扱いだ。

偉そうにされるでもなく、かといって、ちやほやされるでもない。

「迎えに行った方がいいですか。荷物もあるし」

聡が言うと、

「行き違いになると、社長が心配する。味を見てくれる？　濃いめにしてる」

高橋は手塩皿《てしおざら》にシチューを取り分けた。

味付けが濃いのは、ゴルフで汗を流してくることを考慮してだ。健一が車で現われたあの日、例年より早い梅雨明けが発表され、季節は本格的な夏を迎えた。ほどよいコクと酸味、それから旨味が口いっぱいに広がる。

「美味しいです。……高橋さん、本当にすごいですね」

素直な感想だ。高橋の料理は大雑把な『男料理』ではなく、ひとつひとつが確かで細やかだ。本物のシェフみたいだと褒めたとき、高橋の顔はわずかに歪んだ。あとで健一から聞いた話では、料理学校を卒業後に就職した店でひどい嫌がらせを受け、耐えかねた末に相手を包丁で刺したらしい。

健一の冗談かもしれないが、真偽を確かめる勇気はなかった。

手塩皿を返すと、高橋は自分でも味見をする。

「濃過ぎない？　大丈夫そう？　それならいいんだけど。テーブルの準備してくれるかな。あいつらも食うだろうから、五人分」

言われた通りに動き、八人掛けの大きなダイニングテーブルに人数分のプレースマットを敷く。

高橋はサラダを作り始めていた。

「白飯、炊かないんですか」

「今日はフランスパン。ゴルフ場の近くに、美味しいベーカリーがあるんだ。買ってくるように頼んである」

「高橋さん、食べるのが好きなんですか？　作るのが好きなんですか？」

　聡の質問に、レタスをちぎりながら笑う。

「そりゃ、うまいものは好きだよ。作るのは仕事みたいなもんだし……、この一ヶ月は、君の好みを探るのに必死。知ってた？」

「知りませんでした……」

「って言うか、好み以前に、味覚が変だよね」

「そうですか？」

「義理のお母さんは普通の主婦だったんだろ？」

　何気なく聞かれて、答えに詰まった。友人と食事に出かけても、味覚がおかしいなんて言われたことはない。つまり、高橋の言う『味覚』は、外食ではなく、家庭料理に対するそれだ。

「……自分の分は、自分で」

「あぁ、なるほど」

　高橋は同情を見せずにうなずいた。

　継母と暮らしていた頃は、彼女が料理を作り終え、妹ふたりと食事をしている間に、自炊して食事を済ませなければならなかった。それから、母親と妹の分も片付けをするのだ。使える食材も限られていたので、レパートリーを増やす余裕もなかった。

「ひとり暮らしをしたときも困らなかったから、助か……」

くちびるに、ミニトマトが押しつけられる。話の途中だったが、高橋はかまわずに小首を傾げた。

「このトマト、糖度がすごいんだよ。果物の域だ」

「ん……っ！」

口の中で噛み潰した聡は、目を見開いて驚いた。本当にフルーツみたいに甘い。

「社長は酸っぱいトマトを憎んでる……」

高橋が真面目ぶった顔で言う。それからニコリと笑った。

「君に美味しいものを食べさせて喜ばせるとね、社長が喜ぶ。今日もたくさん食べて、社長の機嫌をよくしてくれ」

聡の仕事だと言わんばかりの口調に、引け目を感じつつもうなずき返す。そのとき、玄関の方から声がした。

「ただいま、戻りましたよーっ！　何、これ！　いい匂い！」

金田の声だ。高橋に肩を押され、聡は慌てて玄関へ向かう。

迎えに出るのも、聡の仕事だ。

「おかえりなさい」

玄関に続く廊下へ出る。広々とした玄関へ続く廊下も、シングルの布団がゆとりをもって敷けるぐらいに横幅がある。

「シチューだ。シチューに違いねぇ」

最後に入ってきた戸部が浮かれて声を出す。ゴルフバッグを背負った金田が、気安い挨拶をしながら聡の横をすり抜けた。

「聡。風呂はできてるんだろ」

戸部に靴を脱がせた健一が立ち上がった。出かけるときはゴルフウェアだったが、いまは色の濃いワイシャツを着ている。ボタンを片手ではずしながら、聡の腰を抱き寄せた。膝がすかさず足の間へ入ってくる。

「身体を、洗ってくれよ」

「え、え……」

ぐいぐい押され、脱衣所へ押し込まれる。扉を閉める前にくちびるが重なった。

「け、けんいち、さ……っ」

チュッチュッと派手な音を響かせながら、健一は鼻歌交じりに聡のシャツをチノパンから引っ張り出す。

「ダメ……、ダメだって」

肌をさすられながら、聡はあとずさった。シャツを脱ぐ健一は、見るからに不機嫌になる。

「はぁ？　おまえな……。昨日は、朝が早いって心配するから、引いてやっただろ」

「それは、健一さんがゴルフに行かなくちゃいけなかったから」

「きっちり終わらせて、帰ってきた。文句あるのか」

ベルトを抜いた健一が、これみよがしにゆっくりとスラックスのファスナーを下ろす。聡は思わず視線をそらした。

恥ずかしくなるのは、求められる行為を知っているからだ。

「高橋さんがすごく美味しいシチューを作ったし、それに、みんなで食べたいし……」

「俺とふたりきりが嫌か」

「そんなことは言ってない！」

「じゃあ、こうしよう」

手首を掴まれて、ぐいと引かれる。下着を押し上げる勃起がそこにあった。

「あいつらがメシを食ってるところで、おまえを犯す。後ろからずっくり挿れて、奥のたまらないところを擦ってやるよ。メシでも何でも好きに食ってろよ」

耳を舐められ、卑猥に言われる。意地の悪い言葉は、半分も本気じゃない。単なるあてつけだ。そうじゃないなら、拗《す》ねている。

肌を熱くした聡は身をよじり、健一の胸を押し返した。

「言わないでよ、そんなこと……」

耳まで赤くしながら、モタモタと服を脱ぐ。

「健一さんは、いちいち、ヤラシイんだよ」

「誰の責任だ、誰の」

全裸になった健一はさっさと浴室へ消える。磨りガラスの向こうからシャワーの音が聞こえ、聡は迷った。

「遅いな。脱がして欲しいのか？」

顔を出した健一に意地悪く笑われ、むすっと睨み返す。

「早く来い」

呼ばれて、いっそう、くちびるを尖らせた。服を脱ぎ捨て、閉じたドアを力任せに開く。

健一に当たって弾ける水しぶきが、顔に降りかかった。

「座ってよ。洗ってあげるから」

シャワーを低い位置に付け替えて、健一を椅子に座らせる。

高級マンションらしく、風呂も豪華で広い。楕円形の浴槽にはジャグジーも付いていて、坪庭に見せかけた空間を眺められるようになっていた。そこも完全な室内なのだが、自然光に近いライトが取り付けてある。

身を屈める健一の髪を濡らし、シャンプーを泡立てて整髪剤を落とした。前に回るとすぐに触られるので、後方から手を伸ばす。

パーマのかかった髪は、濡らすとウェーブが強く戻る。痛んでおらず、トリートメントを付けると曲線がきれいだ。

シャワーで丁寧に流した聡は、首の後ろに赤い虫刺されの痕を見つけた。高橋に薬を出してもらおうと考えながら指で触れ、患部がないことに気づいた。シャワーを遠ざけても、赤くなっているだけで刺された痕がない。

気づいた瞬間に、心臓がドキリと跳ねた。身体の芯が凍え、シャワーを取り落としそうになる。慌てて握り直し、健一が不審に思わないように髪を流した。

首の後ろ、と言いかけて、何度も言葉を呑み込む。頭の中では『どうしたの』と問いかけ、『キスマークなの』と繰り返す。

言葉は声にならず、くちびるを開くことさえできなかった。

「なぁ、聡……」

腕を掴まれて、身がすくむ。シャワーを取りあげられ、手首を引き寄せられた。

「ちょっとでいいから、口でして」

立ち上がった健一が身を屈める。顔を覗き込まれそうになってうつむく。それを恥じらいだと思った健一は浴槽に腰掛けた。その場に膝を突いた聡は、視線を合わせないままでくちびるを寄せる。

誰かが触れたかもしれない場所は反り返り、裏側まであらわになっていた。どこかで発散したとは思えない。でも、健一は性欲の強い男だ。

「顔、見せろ」

髪を撫で上げられて、手を振りほどく。根元を掴んで、裏側をくちびるでなぞった。先端を舌先で舐めたが、男の体臭はしない。段差も無味なのが、聡を不安にさせた。

青筋の立つ幹を掴み、くちびるを大きく開く。膨張した先端に吸いついて、ねろねろと舌を這わせる。

それは、健一に教えられたやり方だ。こんなことは、健一としか、したことがない。でも、健一は違う。

女も男も知り尽くして、いまだって、ほかに愛人がいないとは限らないのだ。女との痕跡を洗い流して、男のくちびるを楽しむぐらいのことは平気なのかもしれない。

「んっ……ふ」

透明でかすかに塩気を含んだ体液をくちびるで塗り広げ、聡はぎゅっと目を閉じた。誰かと比べられていることを想像した身体は完全に萎縮している。

それでも、惚れた男から離れる気はなかった。いつもよりも大胆に首を振り、手とくちびるを使って淫らに擦り上げる。

「はっ……ぁ」

健一の低い喘ぎが、遠くに聞こえた。気持ちよさそうに弾んでいるのに、聡の閉じたまぶたの裏に広がるのは、悪夢のような光景だ。

女を足の間に跪かせ、奉仕をさせている健一の姿だった。

胃の奥がかぁっと熱くなり、聡はえづいた。呻きが漏れ、健一の手に額を押しのけられる。

なおも続けようとすると、あごの下に手が回り、距離を取らされた。

「目を閉じてろ……っ」

もう片方の手で自分の性器をしごいた健一が息を乱す。

抗おうとした身体を押しのけられ、聡は目を見開いた。健一と視線が合う。

男の低い声が「うっ」と引きつれ、先端から勢いよく飛び出した精液は、聡の顔にはかからずに放物線を描く。

「……閉じてろって、教えただろ……」

射精の余韻に顔を歪めた健一が苛立つ。

顔射したいのではなく、顔を見ながらフィニッシュしたいだけだ。万が一にも目に入ったら大変だから閉じていろ、と教えられていたが、

「顔が見たかった」

聡は反発する。健一はますます厳しい顔つきになった。

「目に入ったら困るって言ってんだろ……。立てよ。メシを食うんだろ」

「怒った？」

両膝に手を添えて、すがるように目を向ける。

「べつに」

視線がふいっとそれ、腕を掴んで引き上げられた。

「……勃ってないのか」

肩からシャワーをかけられた聡はあとずさる。するっと触る指先がいやらしくて、むくっと反応した。

「無理してくわえるからだ。……やらしくて悦かったけど」

手のひらと指先のダブルコンボで快感を育てられそうになり、聡は戸惑った。えづいたから萎えたわけじゃない。

健一の首筋のキスマークが、あるかもしれない可能性を気づかせたせいだ。

問えば、真実が明るみに出る。それを、聡は知りたくない。

「……しないで」

声が震える。

「いいだろ。味気ないのが嫌なら、濃厚に……」

「そういうことじゃなくて」

聡が言葉を探している間も、健一の手は止まらない。

「立ってられなくなるから、嫌だ……」

もう何度もそうなった。浴槽のふちには座っていられず、椅子からもずり落ちてしまう。

「風呂場は嫌だ」

目を見てはっきり言う。そうすると、健一が引くことを知っていた。

身体を離して、浴室から逃げる。

風呂場でぐずぐずにされるのも、本当は嫌じゃない。でも胸がざわめくから、いつものように勃起する自信がなかった。

「怒ったのか」

背中から濡れたままの健一が覆い被さってくる。

胸の奥が締め付けられてうつむいた聡の首筋に、健一のくちびるが押し当たった。舌先でそっと舐められ、きつく吸い上げられる。

ぞくっと震えが走り、いますぐ抱かれたくなった。

ほかの誰がいてもいい。健一には、好き勝手に振る舞うことが許されている。

聡は何も言わずに健一の手を掴んだ。こんなにも夢中になって、彼がいないでは暮らせない。

下半身へ引き寄せて、握らせる。そのままふたりの指でしごいた。

「うっ……んっ、んっ」

ドアは開いたままだったが、覗くような真似は誰もしない。健一への忠誠は厚い。ひととおりのことが終わるまで、リビングで時間を潰しているはずだ。

「あっ、……ぁ」

健一の息づかいと指に煽られた聡は、あっけなく翻弄された。

生まれ出た不安も、欲望に食い尽くされていく。身を委ねて所有される悦びに勝てるものはなかった。

＊＊＊

煙草に火をつけて、オイルライターを手でもてあそぶ。

ぼんやりしていると、高橋が近づいてきて、くちびるにくわえた煙草を支えた。スッと抜かれ、灰を落としてから戻される。

健一は、事務所のソファにもたれ、今度は自分の指で煙草を遠ざけた。

「まともな就職先じゃねぇな」

聡が内定をもらっている不動産会社のことだ。

「布団販売じゃないだけマシかもしれませんよ」

高橋は笑いもせずに言う。代わりに健一が失笑する。

「似たり寄ったりだ」

「俺から、それとなく話して、別の職場を探します」

「不動産関係が志望じゃないだろう。よく話を聞いてやってくれ」

「社長からも話をしてください。雑談のついでかまいませんから。……会話、してますか」

遠慮がちな口調だが、鋭いところを突いてくる。

黙って煙草を吸いながら、話を変えた。

「笠嶋と山本が会ってたって話は、裏が取れたのか」

「下っ端を通じて、笠嶋への正式な紹介が済んだようです」

高橋は、さっきの話を続けたいような顔で答えた。

「仕事に使ってるマンションは？」

「そちらはもう少し待ってください」

この頃、山本はあちこちで目撃されている。仲間と飲んだり、女と出歩いたり、動きも派手になった。親に泣きついて身ぎれいになったあと、笠嶋を後ろ盾としてチンピラの仲間入りをしたらしい。

そろそろ、聡と接触をする頃だと、健一たちは予想していた。

笠嶋の方でも健一の周辺を探っているはずだから、黙っていても聡はターゲットになってしまう。あの男は、健一の足を引っ張りたくてたまらないのだ。そのために山本を取り込んだとも考えられる。

向こうが動く前に、叩いておく必要がある。

上部組織からの命令で、健一の所属する北林組と笠嶋の菊川会は争えない。だからこそ、健一と高橋は、山本を餌《えさ》にして笠嶋もろとも叩ける方法を探していた。

「一緒に暮らさなければよかったと思ってますか」

向かいに座った高橋に聞かれ、健一は煙草を揉み消した。

「半分ぐらいな」

素直な気持ちだ。一緒に暮らさなければ、聡は見逃されたかもしれない。笠嶋に気づかれることもなく、以前と同じように、ただの大学生に戻れたのだ。

そう思う気持ちが半分。そして、もう半分は、手元に置いておく方が目は行き届くという気持ちだ。

聡は外見からは想像がつかないほど頑固で情が強《こわ》い。高橋が待っていろと約束しておいたから、押しかけてこなかっただけで、野放しにしていたなら自分から動いていたかもしれない。

従順なところがあると思えば、感情に突っ走り、切れた頭の回線がまったく違うところと繋がってしまう。アンバランスで危険なタイプだ。

正直、よっぽど上手く生きてきたと思う。

「惚れてるんですね」

「言葉にするな。気持ち悪いだろ」

「……恥ずかしがらなくても」

からかうような響きに、健一の眉がピクリと動く。高橋は見て見ぬ振りで肩をすくめた。

「浮かない顔ですね。仕事の件が、問題ですか。解決を待ってから迎えに行ったのでは、聡さんが痺れを切らしていたと思います」

「だからって、おまえ……」

健一はぼんやりと宙を見つめた。大事な仕事をひとつ抱えているのだ。色事師として仕込みの仕事をすることはなくなったが、真似事を要求されることはある。

抱かずに切り抜けられたらいいが、失敗はできない。大きなシノギだ。

「聡さんはヤキモチを焼いたり、するんですかね」

「……は？」

健一が目を剥くと、高橋は首を傾げた。

「彼、従順そのものじゃないですか」

「そうか？」

「……社長の無体にも黙って耐えてますよ……」

「あれは耐えてんじゃなくて、味わってんだよ。べつに、無理矢理犯してるわけじゃねぇだろ」

「それは知ってますよ。……でも」

「おまえからどう見えてるかは興味ないけど、俺もよっぽど気を使って抱いてるよ。あいつはちょっとバランスが危ういから」

「なるほど」

高橋は静かにうなずく。

「はぁ？　なるほど、って……。わかってんのか？」

「いま、わかりました。セックスしてるだけで会話をしてないと思ってましたが、見るところは見てるんですね。さすが……」

社長、と続く前に、睨んで黙らせる。

「あいつは普通に見えるだけだ」

だから、保護しなければと思った。乱暴に抱かれて興奮するくせに、ほんの少しでもベクトルを間違えれば萎縮する。

「育ちを考えれば、トラウマは持ってるのかもしれませんね。何か気をつけることがあれば、言ってください」

「おまえはべつにいいよ。口調も柔らかいし、手も出ないだろ。戸部と金田以外には、まだ会わせない。あいつらに、変なからかい方をしないように、釘《くぎ》を刺しとけ」

「わかりました」

「あとはな……。美味いメシだ。おまえの手料理で、もう少し太らせとけよ。細くて、抱き心地が悪い」

「壊しそうなんでしょう。あんまりがっつかないでくださいよ。……笑えますから」

失礼なことを言い残して、高橋はサッと立ち上がる。健一は、とっさに煙草の箱を掴み、スーツの背中へ投げつけた。

がっつくな、と言う方が無理だと、健一はひとりごちる。

正直言えば、かわいくてたまらない。だから、どうやって抱けばいいのかわからなくなる。

泣くほどに責め立てたあとで、何がトラウマなのかを、根掘り葉掘り聞きたくなることもあった。継母からは殴られなかったか、父親はどうか。中学や高校に通っているときは、いじめられなかったのか。

喉元まで上がってくる言葉を呑み下して、健一はすべてをこらえる。

聡の中に、傷はあるだろう。確実だからこそ、暴くことは罪だ。何もかもを知っていれば、いつまでも一緒にいられるわけでもない。

知ってしまったから、離れなければいけないこともある。

だから、理性が必要だった。身体を貪るように、人の心を荒らしてはいけない。

健一はあくどいことも平気でするヤクザだが、自分の信条は持っている。その場しのぎで生きていくには殺伐《さつばつ》とし過ぎている世界だからこそ、せめてもの仁義だ。

「……笠嶋の頭が、もう少し利口だったらな」

独り言を口にすると、聞きつけた高橋が煙草を持って戻ってくる。

「心配いりませんよ、社長。バカなりに踊ってくれます」

ひっそりと笑った顔が、たちまち不穏になり、健一は真顔で見つめ返す。笠嶋が足を引っ張るつもりでいるのなら、利用してやるまでだ。

　視線を交わし、ふたりは冷ややかに笑い合った。

＊＊＊

「じゃあ、時間になったら迎えに来ますから」

　運転席で振り向いたのは、高橋ではなく戸部だ。日に焼けた顔はいつも眠たそうな目をしている。今日も薄手のジャケットを着ていた。

「……自分で帰れます、けど……」

「また、それかー」

　舎弟の中では運転技術に定評のある戸部が、「はーっ」と長いため息をつく。これみよがしだ。

「ダメだっつってんだろ。社長の命令なんだから、素直に聞いてくんないかな。自分で帰って欲しいなんて思ってないし！　これが仕事なんだし！　黙って送り迎えさせてくんないかな！　このやりとりが、一番イラつくし！」

　矢継ぎ早に言われたが、戸部は怒っているわけじゃない。

「わかったぁ？」

「……すみません」

「社長が大事にしてるっていうなら、俺らも大事にするんだよ。男と付き合おうが、べつに関係ないし。って言うかさ、ほんと、大学生のくせにバカじゃねぇの」

舌打ちした戸部に、車を追い出される。

聡はデイパックを抱え、照りつける日差しの中を歩いた。車を降りた場所から、裏門まではすぐだ。

駅からは遠回りになるため、使用する学生は限られていた。主に自転車通学の学生たちだ。

裏門から敷地へ入り、教室へ向かう。

大学も四年となれば、卒業に必要な単位はほとんど揃っている。聡も、ゼミの卒論と、出席の確認を取らない授業がふたつあるだけだ。

アルバイトで忙しいことはわかっていたから、楽で確実に取れる授業ばかりを選んできた。興味のある授業を選ぶ余裕はない。聡にとって一番の目標は、大学卒業の学歴を手にして就職することだ。すでに内定も出ているから、あとはゼミの定期発表をこなして、期末試験のレポートと卒業論文を提出するだけでいい。

学部は人類文化部。学生の興味ある分野を最大限に学べるという謳《うた》い文句だが、要するに、何もやりたくない学生たちが、自分探しを隠《かく》れ蓑《みの》にして、四年間を面白おかしく過ごすための学部だ。少なくとも、聡の周りにはそんな人間しかいなかった。

今日、聡が出る授業は『東洋文化・概論』だ。授業が行われる教室は小さい。三年生から受講可能で、四年生の受講は少なかった。

教壇に立つのは、白いヒゲを蓄えた高齢の講師で、頭はつるつるに光り、声は細くて震えている。いつ倒れてもおかしくなかったが、学生たちのほとんどはそれでもいいと思っているしかった。学期中に講師が不在になれば、代理の講師が見つかっても、全員に単位が出る慣例があるからだ。

教室の端であくびを噛み殺しながら、聡は真っ白なノートに視線を落とす。

昨日の夜も、健一とセックスをした。『抱かれた』と言うには、積極的に応じ過ぎたかもしれない。

健一の首筋についたキスマークは薄れたが、思い出すたびに焦燥感に囚《とら》われる。相手のことがわからないから、なおさらだ。女なら、肉体的に勝ち目はない。

せめて求められているうちは悦ばせたいと思うが、あざとさを疎まれてしまったら逆効果だ。不興は買いたくない。

胸の奥をクサクサさせているうちに、退屈な授業が終わる。

学生たちが騒がしく教室を出ていき、取り残された聡は机に顔を伏せた。廊下側近くの席から教室の向こうの窓を見る。

眩しい夏の日差しが、緑の葉っぱに揺れていた。もう夏だ。

過去のふたりがいたおかげで、いまの関係があるとしたら、健一の中にあるものは同情なのかもしれないと思う。

同情が嫌だとは思わない。愛情の大元なんてどうでもよかった。それならば、少しでも長く同情されていたいと願うだけだ。

境内で夕焼けを眺めていたときから、ふたりの感情はすれ違っていた。生まれも育ちも年齢も違ったし、たいした会話もしなかった。並んだ肩の高さがまるで違っていたように、同じモノを見ても感じ取り方が違う。

これからだって、同じになるとは限らない。

聡は、怠い身体をゆっくりと起こした。

帰り支度をして立ち上がると、教室の入り口から中をうかがう男がいた。学生たちよりも大人びた顔だちは、独特の軽薄さで笑っている。山本だった。すでに学生ではない彼がここにいる理由は、ひとつしか考えられない。

聡はとっさに身構えた。

「迷惑かけたから、謝りに来たんだ。巻き込んじゃって、悪かったな」

山本はヘラヘラ笑いながら近づいてくる。

髪を明るい茶色に染め、こなれた服装はファッション雑誌から出てきたようだ。

「何とか切り抜けたって聞いてさ。さっすが、聡だって思ったワケ」

教室の中に入ってきた山本は、素早く聡のそばに近づいた。

「山本さん。いままで、どこにいたんですか」

「えー？　実家？」

聡が怒っているとは微塵も思っていない態度だ。

「金を借りるのに頭を下げまくってさぁ。心配かけたよなぁ。ほんと、悪い悪い」

肩をポンポンと叩かれて、思わず払いのけたくなる。我慢したのは、面倒事を避けたかったからだ。

「あれ？　どうした、聡」

「……山本さん、俺がどうなったか、知ってるんですか」

「あー、ヤクザに犯《や》られちゃったとか？　まさか違うだろ？　上手く逃げたって聞いたけど……、もしかして？」

顔を覗き込んできた山本はニヤついていなかった。聡を心配しているでもない。

試されていると悟り、デイパックを胸に抱えてあとずさる。

山本の接触には注意するよう、高橋に言い聞かされていた。

聡がひとりで外出するのは、大学へ行くときだけだ。アルバイトを辞め、契約しているアパートへ帰っていないと知れば、山本は必ず大学へ現れる。高橋はそう忠告してきた。

「そんなこと、あるわけないですよ」

心の中ではうんざりしながら、弱々しく答える。聡を侮《あなど》っている山本は、偉そうにあごをそらした。

「バイトも辞めてんじゃん。みんな、心配してた。おまえ、危なっかしいからさぁ」

「……住み込みのバイトを紹介されて……」

「へぇ、それってどんなの？　稼げる？」

聡が抱えるデイパックのショルダーストラップを掴み、山本はニヤッと笑った。事件が起こる以前なら、感じが悪いと思うだけで済んだが、いまはもう嫌悪感が先に立つ。

「離してください」

「え？　何？　もしかしてさぁ、聡。俺と縁を切ろうとか考えてる？　マジで、マジで？　それはないじゃん。おまえと俺の仲だろ」

「恩ならもう返しました。これ以上は、勘弁してください」

災いが降りかかるのは間違いなく山本だ。騙されて憎たらしい気持ちよりも、健一たちヤクザから制裁を受ける不憫《ふびん》さが勝った。

聡に注意を促した高橋は、山本を探してもいるのだ。

さすがに山本が輪姦されて売り飛ばされるとは思わないが、似たような羽目にはなるらしい。戸部と金田が、めんどくさいとぼやきながら教えてくれた。

「山本さん……、あの」

教えてやろうかと思ったとき、山本の表情が変わった。笑顔が消え、ぐいっとデイパックのショルダーストラップを引かれる。

「おまえさぁ、ミカに入れ知恵した？　電話も繋がらないし。何か、妙なヤツをカレシとか言ってんだけど。マジ、笑える」

山本の足が教室の長机をコツコツと蹴る。笑えると言ったが、顔は無表情のままだ。

「会ったんですか」

「家に行ったら、城田がいたんだよ。城田だよ、城田。マジで惚れたとか言われて……。ほかのバイトから聞いたら、おまえの紹介とかさぁ、言うわけ。……何してくれてんの？」

「ミカちゃんから、さびしいって相談されたんです。だから、紹介しただけで」

聡は息を潜め、殴られるかもしれないと警戒する。身を屈めて腰を引く姿が滑稽《こっけい》に見えたのか、山本は鼻で笑った。

「じゃあさ、別れるように言ってやってよ。あいつには、俺がいるわけだし」

「……二股、かけてたんじゃないんですか」

「なるほど。聞いちゃったワケだ……。めんどくせぇよな。女ってのはさ。勘違いなんだよ、ミカの勘違い。俺の本命はあいつだからさぁ、そう言ってやってよ」

「いまはもう、新しい恋愛を始めてるじゃないですか。俺からは言えません」

「……はぁ？　何言ってんの？　あんな女、一発ハメてやれば、俺がいいって言うに決まってんだろ」

「そんな言い方……」

　これまでの山本なら、しなかった。

　猥談《わいだん》で盛り上がってゲスなコトを言っても、冗談の域を絶妙に超えないセンスのようなモノがあった。

　もう聡に対して取り繕う気もないのだろう。山本の正体は、愛想良く人を利用し、都合良く踏みにじる男だ。

　聡を売り飛ばして味を占めたなら、女のひとりやふたり、簡単に騙すに違いない。

「とにかく、俺には無理です。嘘はつけないし、ミカちゃんがかわいそうだ」

　逃げようと背を向けたが、山本が立ち塞《ふさ》がる。

「ずいぶん、偉そうな態度を取ってんじゃん。ヤクザに掘られたからって、おまえがヤクザになったわけでもないだろ。それとも、アレか。愛人になったって、本当なんだ？　男のくせに笑わせるなよ。おまえだって三人目、四人目だろ。……あぁ、それでミカに肩入れするわけだ」

　威圧的に胸を張り、山本は哀れむように顔を歪めた。

　なだめすかせば言うことを聞くはずの子分に正論を突きつけられ、明らかに苛立っている。

「女に飽きたヤクザに囲われて、自分まで強くなったつもりか」

「……言いがかりもいいとこじゃないですか」

　山本の肩を押しのけ、手からショルダーストラップを取り戻す。

三人目、四人目の愛人と言われ、胸の奥が冷えた。心が凍りついて、微塵も動かなくなる。

「俺を売ったこと、最低だって思ってますから」

はっきり言うと、山本の顔が大げさに歪んだ。聡から面と向かって責められ、ショックを受けた表情は一瞬だけで、すぐに嫌悪感があらわになる。

掴みかかろうとする手から、聡は危うく逃れた。そこへ、次の授業に出る学生たちが入ってきて、山本の気が削《そ》がれる。

「誰にも言いません。もう関わらないでください」

サッと背中を向けて、廊下へ飛び出した。慌てて携帯電話を取り出したが誰にもかけない。電話をしている振りをしながら校舎を出て、裏門へ急ぐ。迎えの車はすでに待っているだろう。

聡の心臓はバクバクと跳ね回っていた。山本に対して自分の意見をはっきり言ったのは、これが初めてだ。

身体中が汗で湿り、慣れない行為に息が乱れる。言ってしまった後悔と、ようやく言ってやった爽快感が入り交じり、聡はくちびるを引き結ぶ。

最終的には、爽快感が勝った。新しい自分になれた気がして、空を仰ぎ見る。真っ青な空に、白い雲がちぎれ飛んでいく。

足早に裏門から出ると、送ってもらったときと同じ軽自動車が見えた。戸部は車の外に立ち、いかにもイライラしたように煙草を吸っている。

「おっせぇよ！　心配すんだろうが！　って言うか、ガッコの中に探しに行くとか、マジ無理だから！　そこんとこ、頼むから！」

駆け寄られて、たじろいだ。

高卒の戸部が持っている学歴コンプレックスは独特だ。大学の中に足を踏み入れたら、ウィルスに身体を蝕《むしば》まれると思い込んでいる。金田が言うところの『頭いい菌』だ。『頭悪い菌』の保持者である戸部が感染すると、ショック死するとか、しないとか。

「う、うん……。ごめんなさい」

山本が現れたことを口にする隙もないまま、助手席に押し込められた。

＊＊＊

日付が変わっても戻らない健一を待ちきれずに、聡はひとりでダブルベッドへ入る。

スモーキーパープルを基調にした寝室はシックだ。いつもラベンダーとリリーの香りがして、柔らかい枕に顔を押しつけると心が落ち着く。

こんなに気持ちのいい寝床を、聡は知らなかった。

山本が現れた件は、戸部に送ってもらったあと、高橋と健一に報告したが、ミカのことや、初めて言い返したことは口にしていない。どちらもあまりに幼稚だ。

健一が警戒しているのは、山本がふたたび聡を利用する可能性についてだろう。聡は健一のものだから、他人に手を出されることは男の沽券に関わる。

いつのまにか眠っていた聡は、玄関の騒がしさに起こされた。うつらうつらと目覚めていく頭の中に、酔った健一の大声と、なだめる高橋の声が交錯する。

次の瞬間には、バタンと勢い良くドアが開いた。

「社長！　もう寝てますから……っ」

「起きてるじゃねぇか」

声をひそめながら引き止める高橋を、健一は勢い良く突き飛ばした。

「なぁ、聡？」

薄明かりの中で、聡はしょぼつく目を開いた。

身体に掛かっていた布団を乱暴に引き剥がされ、あっという間にのしかかられる。

健一はすでに下着一枚だ。玄関の方から聞こえていた鈍い音は、服を脱ぎ散らかしながら壁にぶつかっていた音だった。

おかえりと声をかける前に、くちびるが重なる。強引に差し込まれた舌は、かなり強い酒気を帯びていた。

「んっ……はっ、ぁ……っ」

いいも悪いもない。目を閉じるだけで眠ってしまいそうな顔を押さえつけられ、くちびるも舌もベトベトに舐め回される。息ができずに喘ぐと、パジャマを押し上げられた。膨らみのない胸を揉まれ、つまむ仕草で乳首をひねられる。

「痛っ……」

思わず声をあげると、指を追って舌が這った。ぬるっと舐められ、きつく吸われる。ぞくっと身体に痺れが走り、聡は身をよじらせた。

「はっ……ぁ」

「エロガキが……。ませた声、出しやがって」

興奮した健一は背中を抱き寄せ、もう片方の手で聡のズボンを下着ごと剥いだ。

「セックスだ。セックス。わかってんだろ？　さっさと足を開けよ」

健一は泥酔している。それなのに、股間は硬く張り詰め、下着越しに、聡の太ももへゴリゴリと押し当たる。

「はっ……ぁ。まっ……て……」

息を乱しながら訴えた聡は、健一の腰に触れた。引き締まったウエストに指を這わせ、下着の布をたどる。

また濃厚なキスが始まり、引きずり起こされる性欲に苛まれた。目が覚めていく。眠っていられるような刺激じゃない。

身体中をまさぐられ、手が触れたところには、もれなくくちびるが這う。

「あっ……、うっ、んっ……」

剥き出しになった足を開かれ、膝の内側から付け根までを愛撫されると、聡のそこはもう、手のひらでも隠れないほど大きくなった。

「そんなとこ、隠すなよ。いやらしく見えるだろ」

濡れたくちびるを手の甲で拭いながら、健一が身体を起こした。サイドテーブルから取り出したローションを渡すのは高橋だ。起き抜けを襲われた聡が準備を整えていないことを心配したのだろう。顔を合わさないようにして部屋を出ていく。

舎弟に見られることが苦でもない健一は、聡をひっくり返し、腰を高く持ち上げる。指で軽く濡らした中心に、ローションの先端を差し込んだ。

「あぁっ……、やぁ、だ……っ」

思わず声をあげ、腰をよじらせた。たくさん入れられ過ぎると、腹が痛くなる。

酔った健一の相手はもう何度もしてきたが、飢えた獣のように乱暴なのは繋がるまでだ。手のひらを返したように優しくなるわけではないが、ちゃんと準備をしてもらえれば、受け入れる場所が裂ける恐怖は感じずに済む。

あとはもう、聡にとっても、快感しかない。

「逃げるな……。気持ちのいいこと、してやるから。ほら、もっと腰を突き出せよ」

尻っぺたをバチンと叩かれ、聡は息を詰まらせた。じんじんと肌が痺れ、刺激が遠のくほどに甘だるさが心に広がる。

「あぁ……」

「おまえの声が一番だな。一番、やらしい……」

ローションをサイドテーブルに置いた健一は、両手で聡の尻を掴んだ。すぼまりへ馴染ませるように揉まれ、やがて左右に開かれる。指がぐっと押し込まれた。聡が息を合わせる。

「は、ぅ……っ」

起き抜けの身体は快感に敏感だ。モノを挿入される瞬間よりも怯えて、ふるふると震え出す。

「力を抜けよ。これじゃ、入らないだろ」

根元まで差し込んだ指をぐりぐりと動かし、健一は容赦なく内側を掻いた。ぬちゃぬちゃと淫らな水音が響き、腰を高くかかげた聡は懸命に力を抜く。

なのに、健一の指でいたずらに快感を与えられる腰は、翻弄されて引きつれ、吸いつくように指を噛みしめる。

健一の指はいっそう卑猥に、聡の狭い穴をほじった。

「たまらない動きだ。なぁ、聡……、ぶち込んで欲しいか」

ローションを自身にまぶしながら、健一はあくどく言った。

冷酷に感じるような仕草がたまらなく魅惑的な男だ。支配される聡は額突きながら腰をくねらせる。

欲しくないはずがなかった。起き抜けでも何でもいい。健一が求めるときに奪われることが、聡の本望だ。

「くだ、さい……」

かすれた小声で訴えた。心の中では、犯して欲しいと繰り返す。

身体はもうすでに、ずっくりと差し込まれる感覚を思い出していた。指が引き抜かれた場所は、ローションを溢れさせ、ひくひくと期待に満ちてうごめく。

健一は何も言わずに先端をあてがってきた。挿れるときの動きで、コンドームを着けているのだと聡にもわかった。生身とゴム付きでは、差し入れるときの摩擦が違う。

「……あっ、あぁっ、んっ！」

穴を広げるような、入り口付近での出し入れが続き、やがて、ぐいっ、ぐいっと小刻みな動きで責められる。聡は腰を揺らめかせた。

「あ、ん、んっ……けんいち、さんっ……」

「んー？　どうした」

満足そうな吐息をつき、聡の返事を待たずにねじ込んでくる。ぐっと押し入った先端が道を作り、ずくっと奥まで貫かれた。

「んんっ……っ」

聡が甘い声をあげてのけぞると、健一は短い笑い声をこぼす。

「はっ……ぁ。きっつ……。たまんねぇよな。おまえの、この……あぁ、気持ちいい」

上機嫌な声が肌をたどり、健一の歯が、聡の肩の肉を食《は》む。

「うっ、ん……っ」

「気持ちいいか、聡。もう癖になってるんだろ？　ここ……、なぁ？」

こつ、こつと奥を突かれる。みっしりと押し込まれた肉棒で内側から押し広げられ、聡は苦しさに息を乱しながら目を閉じた。じわじわと溢れてくるのは、確かに快感だ。切なくて甘く、爛れるように熱い。

「んっ、はっ……ぁ」

枕にすがってこくこくうなずくと、健一は一度引き抜き、聡を仰向けにしてから入り直した。顔を覗き込んできた健一は、見るからに疲れている。酒だけが理由じゃないだろう。今日も山のように嫌なことがあったのだ。

親分と舎弟たちのために、心を曲げて、下げたくない頭を垂れてきたに違いない。

健一は大きく息を吐いた。聡のくちびるを指先でなぞり、頬を寄せながら腰を揺らす。

「聡……」

甘く呼びかけられ、聡は声をあげたくなった。感情がにわかに昂ぶり、ぐっと奥歯を噛みしめる。

「……ん、んっ」

嬌声《きょうせい》を放つことはまだ恥ずかしい。よっぽど責められないと、出せなかった。

「何か、言えよ。聡。つまんねぇだろうが」

そう言って動く健一の腰は淫らだ。

艶かしく内側を掘り込むストロークにのけぞり、聡は手を伸ばした。健一の腰に掴まる。

ずらしただけの下着が、引き締まった男の尻に引っかかっている。なぞった指先が、違和感を覚えた。

生地が裏表になっている。間違えて穿いているのだ。

心の奥がひゅっと冷え、欲情が遠のく。

でも、気にし過ぎだと自分を責めた。健一の背中に腕を回し、しがみつきながら引き寄せる。キスを求めると、くちびるが触れた。

腰の動きが熱烈なら、キスも情熱的だ。聡を見つめる瞳は、ほかの誰かを愛しているようには思えない。

それでも不安はつきまとい、聡は戸惑った。何を信じればいいのか、まるでわからなかった。

健一に求められている実感はある。でも、それは女を愛することと同じなのか。それとも、猫や犬を愛することと同じなのか。

たくさんいる愛人に対して、健一が同じような愛情を注いでいる可能性も捨てきれなかった。

「健一さん……。健一さん……っ、もっと、して。もっと」

腰に足を絡め、聡は声を振り絞った。まだ達したくないのに、ふたりの間で揉まれる性器も、健一を受け入れる身体の奥も飽和していく。

「あぁっ……、けん、ち……さ……っ、すき、すきっ」

されるがままに身を委ねながら、聡は無理矢理に快感を追い求めた。のけぞった首筋にくちびるが押し当たり、ぎゅっと強く印がつけられる。

聡の身体に極まった緊張が弛緩して、ふたりの間に熱が飛び散った。


事が終わると、健一はごろんと転がり、電池が切れたように動かなくなる。高イビキが響き渡り、待っていたかのように寝室のドアがノックされた。高橋の声がする。

「聡くんはシャワーをどうぞ。社長のことは、こちらで」

そう言われて寝室のドアを開けたが、高橋の姿はない。リビングへ戻っているのだ。いつものことだった。聡がシャワーを浴びている間に、健一の寝支度を調えてくれる。

着替えを脱衣所へ置き、聡は風呂場へ入った。シャワーで身体を流し、中で出されていないことに気づく。ふいに心が寒くなった。隙間風が吹き抜ける。

下着の件も聡の間違いではなく、やっぱり裏表が逆になっていた。

今夜はどこで、誰と飲んでいたのか。そこに女はいたのだろうか。それとも、聡と同じ男か。いろいろ想像を巡らせてみたが、具体的なことは何も思いつかなかった。頭が考えることを放棄している。

着替えて寝室へ戻ると、高橋が背中を向けていた。足元には濡れたタオルと下着が落ちている。

健一の身体を拭い終え、新しい下着に替えているところだ。まるで熟練の介護職を見ているようだった。手際が良く、余計なことは考えていない。それでいて、聡が戻ってきたことに気づいていた。

「何か飲みますか。ココア、ホットミルク。それとも、寝酒」

「ホットミルクをください」

初めの頃は遠慮していたが、そのたび、高橋が憎悪に満ちた目つきになると気づいた。素直に世話を焼かせていないと不満が溜まるらしい。だから、本当に必要のないとき以外は断らないことにしていた。

高橋を追っていき、聡はアイランドキッチンのそばのスツールに腰掛けた。邪魔にならないところから、手際良く立ち動く姿を見る。

「聞きたいことがあるのなら、どうぞ」

冷蔵庫を開けた高橋が言う。

「どうしてですか」

聡は愛想笑いを向けた。

「そういう気がしただけ。言いたくないなら、また別の機会でかまわないよ。でも、あんまり胸に抱え過ぎないようにね」

「健一さんのため？」

上手く笑顔が作れず、聡はうつむいた。高橋は静かに答える。

「もちろん。それとも、聡くんのためだと言った方が話しやすかった？」

「……いいよ、健一さんのためで……。ひとつ、聞きたいんだけど。できれば、本当のことが聞きたいんだけど……、俺って、何人目？」

聡の視線の先で、高橋が動きを止めた。牛乳をマグカップに入れかけた姿勢のまま、振り向く。

「え？」

彼らしくない、拍子抜けした声だ。

「ちょっと待って。質問がざっくりし過ぎてる。答えを間違えそうだ」

高橋は牛乳をマグカップに入れて、バターを加える。それを電子レンジにかけた。

「何人目っていうのは、この家で一緒に住んだ相手？　それとも、社長の恋人の数？」

「俺、何人目の愛人なのかと思って……。この前、首筋にキスマーク……、あったから」

もごもごと話す聡を前に、高橋は腑《ふ》に落ちたと言いたげにうなずいた。

「なるほど。わかりました。疑問はあとで解消するとして、答えは『ゼロ』です。ここに足を踏み入れた人間で、社長とセックスしたのは、聡くんだけだ。そもそも、舎弟しか入れない。愛人はいないし、恋人もいまは、ひとり。君だけだ」

指を突きつけられ、聡は同じように指先で自分を示した。

「俺だけ？」

「この前、山本に会ったとき、何か言われた？」

「いや……、うん。まぁ……、ちょっと」

ヘタなごまかしだったが、高橋は突っ込んでこなかった。電子レンジの中からマグカップを取り出し、蜂蜜《はちみつ》を加えてスプーンで掻き混ぜる。

それから、聡の前に置いた。

「君は『愛人』じゃないよ。たぶん、恋人ほど軽くもない。この先は、社長に聞いて。……キスマークは、ゴルフで一緒だった先方のお連れさんがふざけたんだと思う。……信じられない？」

「……さっき、パンツを穿き間違えてた」

「あぁ、そっか」

高橋は小首を傾げ、顔の半分を器用に歪めた。

「高橋さん。べつに、いいんですよ」

マグカップを覗き込み、聡も顔をしかめた。

「そんな束縛をするつもりはないんです。仕事だと言われたら信じるし、嫉妬《しっと》するなと言われたらしない。……本当は何人目でもいい。俺の後ろに人が増えてもいい。一番じゃなくても」

「ここに、いられたら？」

高橋が真顔になり、聡は小さくうなずいた。

「……どうして、俺なんだろうって思うんです。俺は男だし、肌が強くて油っぽくないだけで、きれいじゃないし」

「セックスの相性じゃないの？」

「だとしたら、いつか飽きられるのかな。俺ができることを考えてみるんですけど……、難しくて。家事は高橋さんが完璧にやってるし」

「俺の立ち位置は狙《ねら》わないでね」

ふざけて笑った高橋は、うぅんと小さく唸った。

「信じなくてもいいけど、今夜は誰ともしてないと思うよ。確かに、下着を脱いだんだろう。室内であったことを、俺は知らないから想像だけど。出てきた社長はずいぶん不機嫌で、すっかり酔ってた。それから飲み直したいって言われて、飲み屋へ行って。マンションの下に着いたときには、君のことしか頭になかった」

「信じます」

　聡の即答に、高橋はあきれたように肩をすくめた。

「俺に言っても仕方ない。明日の朝、話をしてみたら？」

「そんなこと……無理です」

「パンツが表裏反対だったって、怒ればいいだけだよ。じゃあ、無視をしてみたら？　俺が間に立って説明する」

「無理です」

「頑なだなー。本当は、自分ひとり、ほかの誰にも触って欲しくないって思ってるんだろ？」

「……」

　聡はむっすりとして、ホットミルクにくちびるを寄せた。

　その通りだ。どんなに物わかりのいい振りをしても、それは『振り』でしかない。

「高橋さんは、俺がここにいて、嫌じゃないんですか。高橋さんがよくても、金田さんや戸部さんは……」

「社長が決めたことに口を挟むなら、一緒にいたりしないよ。正確には『いられない』」

　高橋は厳しい表情で続けた。

「俺たち舎弟は『仲間』だけど、俺たちと社長は『仲間』じゃない。主従なんだよ。絶対的に偉いのが社長だ。逆らったら首が飛ぶ」

　人差し指を立て、首を切る仕草をする。

「物騒だな。誰の首が飛ぶんだ」

　フラフラとキッチンへ現れたのは健一だ。柔らかな綿生地のパンツを穿いている。最後の台詞と仕草だけを見聞きしたのだろう。

　スツールに座っている聡に気づき、ふっと表情を和らげたかと思うと、眉根に深いしわを寄せる。酔った自分の乱行を思い出したのだ。

「あー……」

　言葉に詰まっているのを見上げた聡は、

「おかえりなさい」

　薄く笑いかけた。高橋が水を汲《く》み、健一の前に置く。

「ただいま。……待てよ、高橋」

　帰ろうとする腕をすかさず掴んだ。高橋の視線が聡へ向いた。

「何の話をしてた。おまえ、今夜のこと……」

　ぼそぼそと耳打ちしているが、静かな部屋だから、途切れ途切れに聞こえてくる。聡は素知らぬ振りでホットミルクを飲んだ。

「俺は言ってませんよ。だいたい、外で待っていたじゃないですか」

「知ってんだろうが……」

「自分で説明してください」

「俺が話すとこじれる」

「聡くんは社長の言葉で聞きたいんです。恋人って、そういうものなんですよ。いままでの愛人たちみたいに、突っ込んで揺さぶっていれば会話の手間がなくて楽だとか、そういうこと、説明していいんですか？」

「言ってるじゃねぇかよ……」

頭を抱えた健一はグラスを掴み、水を飲み干した。その姿を目で追った聡は意を決した。

「仕事には口を出さない、から」

振り向く健一に見つめられると、身体の芯がぞくぞくと震えた。怖いと思う以上に、胸がときめく。

「健一さんの仕事のことはわからないし、首を突っ込んだら迷惑だろうし……。でも、話は聞けるから。……聞きたいからね。健一さんの思ってること、聞きたいから」

自分の気持ちが半分も言葉にできない。聡にはもどかしかった。

高橋が頃合いを見て、離れていく。健一は振り向きもせず、引き止めもしなかった。

「水のおかわりは？」

沈黙が怖くて立ち上がると、健一が近づいてくる。

「また、無理矢理に乗ったか……」

頬をそっと撫でられ、聡は思わず爪先立った。キスは始まらず、くちびるを親指で何度も押される。

「強引なだけだから……。どこも痛くない」

「そういう問題じゃねぇだろ」

「いろいろ言うのは、酔ってるせいだってわかってる。傷ついてないし、嫌じゃない」

「……だから、そういう問題じゃねぇんだよ」

強引な行為やキツい言葉を、本当は使いたくないのだろう。後悔のため息をつき、視線をさまよわせる。

「女にも優しくしたことないし、男なんてなおさらだ」

「べつにいいよ。……でも、教えて欲しい。今日、どうしてゴムを着けたの」

「酔ってた」

「それだけじゃない……よね？」

聡はおそるおそる健一の腕を掴んだ。覚悟を決めて、頬を膨らませてみる。拗ねた素振りをしてみたが、戸惑いながらでは、滑稽でしかない。

「……怒ってんのか」

真面目な顔をしようとしながら失敗している健一も、おかしな表情だ。クックツと笑い声を響かせ、片手で聡の両頬を掴んだ。

視線が絡み、聡はまた踵《かかと》を浮かせた。キスがしたい。

健一の瞳も気怠く潤んで、キスを求めているように思える。なのに、高まっていくのは雰囲気ばかりだ。

聡は首を振って指から逃れ、健一の首筋に両手を添えた。

「誰かとした？　その人には、生で挿入したの？」

「……セックスはしてない」

「じゃあ、しゃぶらせたんだ」

健一の頬骨がひくっと動いた。嘘のつけない男だ。これでヤクザが務まるのかとぼんやり考えながら、聡はまっすぐに相手を見つめた。

「仕事だって、言ってよ」

「……仕事だ」

「相手って、男？　女？」

「そういうことは聞くな」

「知りたい」

くちびるを尖らせると、健一がたじろいだ。今度は笑っていない。

「教えて欲しい。……腹が立ってきたけど、何か……、いままで経験したことないぐらい、ムカついてるけど」

「……だから、言ってんだろ」

「嫉妬、してんのかな、俺」

「してるんだ」

健一は真面目な表情で目を細める。聡の中に芽生えた嫉妬が、どこへ向かうのか、見定めようとして、視線をそらさない。

「男にさせたの、女にさせたの」

「女だ。この前のゴルフの相手だ」

聡はハッとした。目を見開いてしまってから、慌てて身体を引く。離そうとした両手を掴まれ、アイランドキッチンの周りを取り囲む収納システムに追い込まれる。

サッと抱き上げられて、棚の角へ座らされた。

「気づいてたのか」

「キスマークをつけて帰ってきたら、そりゃ、気づくよ」

「そんなところは見ないと思ってた」

「見るよ。頭を洗ってあげただろ……。見る……」

苛立ちが引いたかと思うと強烈に悲しくなってくる。感情のコントロールが上手くできず、聡はあえて深い呼吸を繰り返した。

それに合わせたように、健一は聡の目の下をなぞる。流れる前から、涙を拭うような仕草だ。

「融資の代わりにセックスの相手をしろって話だ」

「よくあるの……」

「ある」

「仕事、だもんね」

「そうだな。仕事だ。裏ビデオと風俗斡旋だけで食っていけるほど楽じゃない。会社は成り立っても、組まで金が回らない」

「……わかった」

「わかるなよ」

健一の両手が、聡の頬を包んだ。

「ものわかりのいい返事をするな」

「仕事なら……仕方ない」

「そんなのは建前だと思わないのか」

「じゃあ、その気があって、女を抱きたいと思ってた？」

「そうじゃなくて……。なぁ、聡。……嫉妬したら、俺が欲しくなるだろ」

「……何の話」

「俺がほかのヤツを揺さぶってると思うと、腹が立つか？　本当なら、自分が突っ込まれるはずだって……考えたか」

健一の手が、腰を撫でて動く。

「そんなこと、考えない」

聡は目を細めて、かすかに喘いだ。

「じゃあ、おまえの嫉妬はどんなふうだ」

「……知らない」

悲しくて、切なくて、さびしい。

ほかの誰かが大事にされて、自分はないがしろにされていくなんて、辛い。

そう思ったが、口には出せなかった。代わりに別のことを聞く。

「その人と、またセックスする?」

「あと何回か、フェラチオはさせるかもな。場合によっては、指も挿れる」

「そこまでしたら、きっと、挿れるよね」

「どうしてだ」

「……挿れたくなるんじゃないの?」

「それはな、おまえ……」

ふっと息をつき、健一が近づいてくる。柔らかくキスをされ、くちびるはかすかに離れた。

「おまえに会う前の俺なら、な……。いまはもう無理だ。おまえを想像してしゃぶらせるのが精いっぱいなんだ。あとはもう肉体労働でしかない。わかるか。それに、相手はババアだぞ」

甘くささやかれ、聡は、ずるいやり方だと思う。

胸をすり寄せられ、息を吹きかけられると、もう何も考えたくなくなる。

「聡。もう一回、拗ねてみろ。嫌がってるおまえを抱きたい」

「……無理」

答えて、首にしがみつく。

「ちゃんとしたキス、して……欲しい」

「したいならしろよ」

そっけない言い方だったが、腰と背中を抱く手は熱い。

「その人と、キス、した？」

「もう何も聞くな。……してない」

「嘘だ」

聡は半信半疑で睨んだ。キスもせずにセックスはできないと思う。でも、自分を初めて犯したときの健一はキスをしなかった。

くちびるを合わせたのは、正体が知れたあとだ。

それまでは、ただの凌辱だった。

聡がもたもたしている間に、健一は待つのをあきらめたらしく、キスが始まる。首を曲げるように促され、くちびるがぴったりと重なった。

「ん……」

「ぼんやりしてるなよ。拗ねて嫌がるのが、おまえの仕事だろう？」

そう言いながら、健一は優しいキスを繰り返す。意地が悪い。聡がますますとろけてしまうと知ってのことだ。

「あ……んっ」

「ここで抱いてもいいか」

「だめ……」

「どうして」

「キッチン、だから」

「……おいしそうな肉を、串刺しにするところだろ？　間違ってない」

「間違ってるよ」

笑いながら、聡はキスを避けた。首筋にしがみついて、肩に顔を押しつける。

「ベッドでなら、してもいい。……寝ちゃうかもしれないけど」

「どんなことをされてもいいなら寝ろよ。動画を撮っておいてやる」

健一はひっそりと笑って、聡の両足を自分の腰に巻き付けさせた。軽々と持ち上げられ、ぎゅっと強く抱きしめられる。

まるでベッドへ運ばれる小さな子どものようだ。なのに、胸の奥にじんわりと広がる感情は大人びていて熱い。

健一の首にしがみつき、聡は目を閉じた。

慣れない嫉妬がわだかまりを作っていたが、乗り越えられないなら付き合っていけないことはわかっている。

苦しさを呑み込もうとしたとき、健一が言った。

「別口の収入源を作るから、その資金集めの間だけは我慢しろ」

聡の尻を抱えた健一の声は低い。待つ身も、待たせる身も辛い話だ。

聡はこくこくとうなずいた。自分よりもきっと、健一の方が何倍も切ないのだと察する。

世間を知らない子どもより、嘘をつくことに長《た》けた大人の方が、多くの見えない真実を抱えているだろう。

健一に守られているのだと、聡は思った。

＊＊＊

寝ぼけた健一の腕が身体の上へ投げ出され、うっと呻いた聡は乱暴に腕をはねのける。ごろりと転がり、じりじりと背中で寄っていく。

朝だと気づいて起き出すと、キッチンから物音がした。

すでに高橋が来ている。挨拶をして、朝食を頼む。今朝は健一を起こす必要はなかったので、

目覚めのシャワーですっきりしてから大学へ行く身支度を調えた。

食事を取っている間に、地下の駐車場に戸部が到着した。

待たせておいて、聡はゆっくりと食事をする。高橋が目の前で見張っているから、いい加減な食べ方はできない。そんなことをすると、機嫌が悪くなる。

高橋の機嫌が悪くなると、苦手な食材克服メニューの乱れ打ちに遭うことを、聡はすでに知っていた。

聡の見張りをしながら、高橋が口を開く。

「来週からは、金田に送り迎えをさせることにしたよ。戸部は学歴アレルギーで、教室までついていけないから」

「そこまでする必要ないです」

味噌汁の椀を置いて答えたが、高橋は引かなかった。

「あるかないかは、こっちが決める」

「……それって、山本さんが迷惑をかけてる、ってことですか」

「かけられるかもしれない、ってところだよ。聡くんが女の子を遠ざけただろう？　それで計画が狂ったんじゃないかな」

「やっぱり、また誰かを売るつもりなんですか」

「……うちが得をするなら、放っておくんだけどね」

　健一から口止めされているのだろう高橋は、それ以上はＮＧだとくちびるの前でバッテンを作る。

「聡くんのアパート、就職するまでは契約しておくつもりだけど、そのあとはどうしたい？」

　話を変えて、聡の目の前に座った。

「このマンションに越してくる分にはかまわないけど、住民票を移せないんだよね。ほかにダミーで借りるなら、物件を探しておくけど。春までには、もう少し身軽に動けるようにしておくから」

「就職、しないとダメですか」

「社長はそのつもりだね。こんな暮らしは、一年が限度だ」

「……職歴を付けておかないと、終わったときに潰しが利かないってことですよね」

　健一との別れを想定して言うと、高橋は小さく唸った。

「いや、そういうことじゃないんだけど。……まぁ、ね。男同士じゃなくても、カップルがいつまで一緒にいられるかなんてわからないけどさ……。この家で、その話は、ちょっと遠慮してくれる？　聞いてないようで、聞いてるんだから」

「健一さんですか？」

　高橋は小刻みにうなずいたが、聞かれて困る理由が聡にはわからない。なので、そのまま話を続ける。

「俺の就職先、離職率はすごい高いですよ」

「知ってる。もう調べてあるから。……実は適当に決めた？」

「就職活動でてこずると、大学の単位が危ないので」

「なるほどね。じゃあ、業界にこだわりがあるわけでもないんだな。貯金を作りたかった？　金はね、もう心配いらないから」

「でも……」

健一は資金繰りに苦労しているように言っていた。負担はかけられない。

そう思って口ごもると、高橋は軽いため息をついた。

「想像しているのと。たぶん、ケタが違うんだよね。聡くんの初任給で愛人契約するぐらいはたやすいんだけど。そういうことをしたくないんだって。いつ誰に足を引っ張られてひっくり返るか、俺たちの仕事はわからないから。そのとき、何もかもなくなったら、困るだろう。……困るんだよ。社長がね、困るんだ」

言い含めるように口にした高橋は、聡に話が通じているのか、いぶかしがって眉をひそめる。

聡は何も言わず、食事を終わらせた。両手を合わせる。

「ごちそうさまでした」

「はい、お粗末さま。就職先だけど、もっとマシなところを探しておくよ」

高橋に言われ、聡は小首を傾げる。

「ヤクザの口利きで大丈夫なのかな……」

「よく言うよ」

　笑った高橋に食事の片付けをするなと念を押され、聡は外へ出る支度をした。連絡を受けた戸部が迎えに来て、ふたりで地下駐車場へ降りる。

　戸部は眠たそうにあくびをしていた。前日の夜が遅かったのかと聞くと、そうだと答える。仕事じゃなく女だと言った。

「戸部さんは、カノジョさん、何人いるんですか」

　とさりげなく問う。

「んー、四、五人……ん？」

　軽い口調で答え、目を見開いた。

「こえーな。さらっと聞くなよ。社長は身ぎれいだからな、すっごく身ぎれい」

「聞かれたら、そう答えろって言われたんですよね？」

　車に乗り込んで尋ねると、ルームミラーに映った戸部は、死んだ振りをするように首を傾げ、舌をべろっと出した。答えたくないときは、決まってこのポーズだ。

　後部座席の聡は笑いながらシートベルトを締めた。

　戸部はいつものように車を走らせる。夏の日差しは激しく、街は干からびて見えた。

　戸部は眠気を散らそうとして話し続けている。聡に気を使っているようにも思えたが、判断するのは難しい。彼は元から、話し好きのお調子者だ。

「今日のお迎えは、たぶん、社長だよ。たぶん」

車が裏門の前に着き、戸部が振り向いた。

昼休みを挟んで、一般の授業とゼミの中間発表がある。聡の順番はすでに終わっていて見学だけだ。

「って言っても、運転は高橋さんがするだろうけど。じゃ、いってらっしゃい」

「来週からは、金田さんになるって聞いたんですけど」

「おー、そうなんだよな。何？　さびしい？　さびしいの？」

「……戸部さんが、俺といないとさびしくないかって、すごくしつこく聞いてくること、健一さんに言っておきますね」

「あぁ？」

声が裏返った戸部を置き去りにして、聡は車を飛び出した。裏門へ急ぐ背中へ、「ばーかばーか」と叫ぶ戸部の声が聞こえる。

聡は笑った。その拍子に向こう側から来た自転車の学生に勢い良く追い抜かれる。油断していた聡は思わずふらついた。

その腕を掴まれ、ハッと息を呑む。振りほどこうとしたが、反対側にも男が立っていた。

「ちょっと顔貸してよ、聡」

初めに腕を掴んできた山本が笑った。送りの車が走り去ったことを、裏門から覗き見していた別の男の合図で知り、聡はとっさに身をよじった。

抵抗しようとしたが、山本は躊躇なく聡の下腹部を殴ってくる。うっと声が詰まり、背を丸める。腹を守ろうにも、両腕は拘束されている。立て続けに殴られ、聡は呻いた。

「夏バテじゃねぇのー。最近、暑いしなぁ」

走り込んでくる自転車を見て、反対側の腕を掴んだ男が言った。引きずられる聡は、介抱されるように見えただろうか。少なくとも拉致されているようには見えなかったはずだ。

裏門を連れ出されると、白いワゴン車がタイミング良く停まる。心配する振りを装って押し込まれ、あっという間に大学から離れていく。

聡は抵抗できなかった。車に乗るなり三列目のシートに引きずり込まれ、男に羽交い締めにされる。足に馬乗りになった山本は笑いながら聡の腹を殴った。

「てめぇは。クソ生意気なんだよ！」

ドスドスッと続けざまに殴られ、一発がみぞおちを深く突いた。聡がえずくと、男たちはゲラゲラと笑う。

「確かに、ホモビデオに出られそうな顔しててんじゃん」

二列目のシートから、ふたりが覗き込んでいる。髪を茶色に染めていて、戸部よりもガラが悪い。

「もう『貫通済み』だもんなぁ」

山本の手が、聡のあごを掴んだ。

「ヤクザに突っ込まれて、その気になるなんてバカじゃねぇの？　なぁ、毎日掘られてんのかよ。ケツの穴、ガバガバじゃ仕事になんねぇぞ」

「いやいや、そうでもないでしょ」

聡の上半身を羽交い締めにしている男が笑い、ほかの男が言う。

「それならそれで、腕とか突っ込めるから都合いいって」

「げー、マジかよ」

山本は嫌悪感をあらわにしてのけぞった。

「金になるぜ」

そう言われると、今度は目の色を変えて身を乗り出す。

「本当かよ」

「山分けだからな」

「俺が半分だって忘れんなよ」

「がめついよな、山本ちゃん。この前、オンナ売っぱらったばっかだろ」

聡は目を見開いた。誰が被害に遭ったのかと考え、ひやりとする。

瞬間、山本にひっぱたかれた。

「ミカじゃねぇよ。てめぇが、ワケのわかんねぇオタクの城田とくっつけたからな。仕方ねぇし、試しにオンナを売ってみたワケ」

ミカの友人のことだ。

「あいつの部屋さ、狭かったから、いなくなってせいせいした。おまえも頑張って、俺を養ってくれよ」

意味がわからずに見つめ返すと、もう一発、平手が飛んだ。当たりどころが悪く、骨に当たって鈍い音がする。聡は痛みに顔を歪めた。

「あ、こいつ。すげぇ、いい顔するじゃん」

シートから身を乗り出したひとりが言った。

「涙目とか、たまんねぇわ」

「おまえに気に入られたら、サイテーだな」

隣の男が笑う。

「うっせ。事務所に連れ込んだらさ、とりあえずヤラせてもらおうっかなー。どうせ、しばらく監禁だし、思う存分殴らせてもらえるよな」

これ見よがしに言われ、聡は視線をさまよわせた。

デイパックを落としてきたと気づき、血の気が引く。息が浅くなり、吐き気がこみ上げる。身をよじると、背中に違和感があった。落としたと思ったデイパックはそこにあった。パニックになって、背負っていたことを忘れていただけだ。

そこに携帯電話が入っている。電池が尽きない限り、健一や高橋から探索できるはずだった。あとは、待つしかない。息が乱れ、聡はくちびるを噛んだ。

「あれー。勃起してねぇじゃん」

山本がいきなり、聡の股間を鷲掴みにした。痛みに顔を歪めた聡は視線をそらす。答える気にはならない。

もしも貞操の危機に陥ったら、金を取れと健一はうそぶいた。その言葉を思い出したが、聡には交渉する術《すべ》さえなかった。ただ黙って、されるがままになるだけだ。

やがて車が停まり、引きずり出される。そこでデイパックを取り上げられた。人通りのない路地だ。古いマンションがひしめき合うように建っている。

そのひとつに連れ込まれた。

ボタンは九階まであったが、エレベーターは五階で停まる。廊下は左右に分かれていて、右側へ進んだ。ふたりが聡を挟み、前後にひとりずつで歩く。

手前から三つ目のドアが細く開いた。押し込まれる。

誰も靴を脱がず、土足のまま奥へ進んだ。部屋は煙草でけぶり、かび臭い。

一続きのリビングダイニングは狭く、大きなソファに男が四人ほど溜まっている。隣の部屋の襖《ふすま》は、中途半端に閉まっていた。

細く開いた隙間から、床に置かれたベッドマットが見える。聡はぞくりと震えた。

健一の舎弟に連れていかれたマンションを思い出す。聡が初めて男に犯された部屋だ。

あのときは感じなかった種類の恐怖に襲われ、自分が男を知っているからだと自覚する。何をされるか、もうわかっていた。そして、ひとつ間違えれば、大惨事になることも、知っているのだ。

健一たちが用意していた部屋と違い、この部屋は汚い。

あの部屋は、簡素でうらぶれていた。それでも、眉をひそめたくなるような不潔感はなかった。不幸にも質があるのだと聡は知る。

「そいつか」

ソファに座った男たちの中から声がして、聡は突き飛ばされた。よろめいて膝を突く。サンドバッグ同然に扱うのは、山本だ。殴られ続けた腹が、じんじんと痛む。

「塩垣が飼ってる犬ってヤツです」

車の中で山本と親しげに話していた男の膝が、聡の背中にのしかかる。髪をぐいっと引かれ、顔を無理に上げさせられた。

ぼんやりしていると、頬を叩かれる。目の前のテーブルに腰掛ける男は、振り下ろした手をそのまま返して、反対側の頬もぶつ。

聡がうなだれると、あごの下を掴んで引き上げた。

「殴り甲斐のある顔だな。憂さを晴らすのにちょうどいい。塩垣にはかわいがってもらったんだろう。色事師の手管はどうだった。いろいろと仕込んでもらったか？」

顔を覗き込まれ、聡はチラリとだけ視線を向けた。男の嘲《あざけ》るような視線に、胃の奥から酸っぱいものが上がってくる。嫌悪感が過ぎて、吐き気がした。

思わず視線をそらすと、強い力であごを揺すられる。

「俺を見てろよ。なぁ、『聡くん』」

呼びかけられ、弱々しく見つめ返す。

「塩垣の野郎が、商品に情をかけるのは珍しい。まぁ、あいつらは甘いんだよなぁ……。搾れるところからは、搾りきるのがヤクザなのに、いつだって中途半端だ」

男が顔を歪めるように笑う。威圧的だが、決定的なものが欠けていた。

健一に感じるものが、男にはない。聡の愛情の有無とは無関係の、男としての魅力だ。周りにどれだけ人が集まっていても、この男が信頼を得ているとは思えない。関係性は脆《もろ》いだろう。金と暴力が繋いでいるだけで、中身がない。

健一とは比べものにもならないはずだ。高橋を筆頭にして、舎弟たちはみんな、健一に惚れている。捨てられたとしても、あきらめずについていくようなタイプばかりだ。

「……あの人が、嫌いなんですか」

聡は震える声で聞いた。腹に力が入らない。

「目障りなんだよ。……こいつは俺が買う」

男があごで命じると、ソファに座っていた、べつの男が部屋から消え、現金を持って戻ってくる。

「いつも、これだけ出せると思うなよ。こいつが塩垣のオモチャだから、中古でも高く値がつくんだ」

いくらで売られたのか、聡には見えなかった。興奮する男たちの声が聞こえ、かなりの金額なのだとわかる。

「また適当に連れてこい。さてと……、邪魔が来る前の一本を撮っておくか。犯《や》りたいヤツは？」

男の問いかけに答えたのは、車の中で、聡を殴りたいと言っていた男だ。

「てめぇかよ。まぁ、いいか。あんまり部屋を汚すなよ」

「縛ってもいいですか」

意気揚々と話す声が、聡を絶望させる。床に突いた両手がガクガク震え、奥歯が噛み合わなくなった。

ほかの男に犯されるだけじゃなく、めいっぱいの暴力にさらされたとき、自分の精神が破綻しないとは思えなかった。

心の中に根強く残るトラウマを、聡はいつも、健一との思い出でなだめてきた。

威圧的に振る舞う人間に見いだされ、都合良く扱われるたび、そこに慰めを求めた。傷つけられて、気持ちが凪《な》ぐのは、思考が停止するからだ。救われるわけでも、気持ちよくなれるわけでもない。暴力を予測するから受け流させるに過ぎなかった。

本当は、蔑まれることも、傷つけられることも怖い。精神的にも肉体的にも傷つきたくない。我慢の限度を超えれば、決定的に壊れてしまう。

心に傷のある聡は、なおさらに脆い。

「あーあ、かわいそうに」

ソファに座っている男のひとりが嘲り笑った。

「まぁ、仕方がないよな。ヤクザのオンナになるってのは、こういうことも含みだ。三日ぐらいは起き上がれなくても問題ないだろ。どうせ、このまま裏へ落とすんだし。突っ込むときは加減しろよ。脱臼《だっきゅう》が癖になると、嫌がられるからな」

聡はうつむいたまま、汚れた床を眺めた。指先が冷えて、呼吸が浅くなる。

もう二度と会えないかもしれないと思った。

たとえ助け出されたとしても、傷つけられた身体では、健一の元へ戻れない。それはもう、自分が耐えられない。

聡の心は悶え苦しみ、叫び狂っていた。

でも、実際には、涙の一粒さえ流れなかった。

【4】


健一はぼんやりと、向かいのマンションを眺めていた。

隣に並んだ高橋が、道路に停まった車を指さす。

笠嶋が仕事に使っているマンションを張っているのは、山本らしき男が出入りしていると情報が入っていたからだ。

「誰か連れてきたな」

身を乗り出して、目をこらす。健一が息を詰めたのとほぼ同時に、高橋がその場にしゃがんだ。携帯電話を取り出し、GPSを探知するアプリを開く。

「聡か」

見間違いではないだろう。現場の視察が終われば迎えに行くはずの聡が、対象のマンションに連れ込まれている。

高橋がしゃがんだまま言った。

「リュックが車の中です。すぐに、乗り込む手配をします」

「このまま行く」

「無理です！」

高橋が携帯電話を捨ててすがりついてくる。その肩を健一は容赦なく蹴り飛ばした。高橋がマンションの外付け階段の踊り場から転がり落ちそうになる。

「社長！　御法度《ごはっと》です」

とっさに体勢を整え、投げ捨てた携帯電話を回収してついてくる。

「知るかよ」

「立場を考えてください。相手は笠嶋です。社長がヘタを踏めば、喜ぶのはアイツですよ！」

「減らず口を叩いている暇があるなら、応援を呼べ。俺は待たない」

「せめて、人が揃うまで……」

「無理だ。見ただろう？　もう殴られる。……あいつは、暴力に弱い。ダメなんだ。もう、遅いぐらいだ」

両手の拳を握りしめて、健一は六階から下りる。携帯電話で話す高橋の声が遠くに聞こえた。

遅かれ早かれ、こうなることはわかっていたのだ。自分が特別な人間を作れば、その相手は必ずターゲットになる。笠嶋が菊川会にいる限りは永遠だ。

山本ごと決着をつける予定だったのに、出遅れた。そのことが健一の怒りに火をつける。

「こんなことなら、さっさとカタをつけるべきだった」

独り言を口にして、二階から外を見た。向かいのマンションの五階に男たちが現れる。周りを取り囲まれているのだろう聡の姿は見えない。

もしかしたら人違いかもしれない。そう思ったが、気休めにもならなかった。ＧＰＳはすでに確認済みだ。服の色を知っている高橋も反応したのだから、別人である望みは薄い。

「社長。近くにいる人間を集めました。五分で揃います」

「五分だけじゃ、何事もないと思うか？」

健一は苛立ちを抑《おさ》えて高橋を睨む。

「お願いします。ヘタに手を出せば、笠嶋は潰せても、上に弾みが付きます」

「わかってる」

「本当にわかってますか！」

高橋に食い下がられ、健一は路地の真ん中で腕をぶんと振った。裏拳でぶたれた高橋が体勢を崩す。くちびるの端が切れて、血が流れる。

「わからないと思ってるのか」

健一の所属する北林組と菊川会は、足並みを揃えるように命令されているのだ。まだ、どちらが主導権を取るのか決まらず、水面下での交渉が続いている。

健一が問題を起こせば、調子づいた菊川会が交渉の主導権を取ることになるだろう。向こうも、北林組の不始末を待っているのだ。だから、役職もない平構成員の笠嶋は野放しにされている。事さえ起きれば、彼は切り捨てられるが、健一にとっては不利益だ。

組の立場が悪くなる上に、笠嶋から新たな恨みを買うことになってしまう。

「ついてくるな、高橋。おまえとはここで別れる」

「……このタイミングで言いますか」

「脅してんだよ。……どうせ来るなら、しのごの言わずについてこい」

くちびるの端から流れる血を拳で拭い、高橋は目を据わらせた。健一が背を向けると、黙ってついてくる。

「あるんだろう」

エレベーターの中で、笠嶋がアジトにしている部屋の鍵を出せと手を差し出す。高橋はいよいよ舎弟らしくなく舌打ちをした。

「あると思うのが、どうかしてる」

そっぽを向いた顔を、ぐいっと指先で振り向かせた。あごに伸びた血痕を撫でるようにして手を離す。

「渡せよ」

「嫌ですよ。このまま置いていかれたら、たまったもんじゃない」

答えた高橋は先にエレベーターを降りた。部屋の前でポケットを探り、鍵を取り出す。すでに内偵を入れ、合鍵を作っていたのだ。

「中にはいないんだな」

健一は冷静さを取り戻して聞いた。高橋が振り向く。

「いたとしても、言えません」

内偵をしている相手に迷惑がかかるからだ。健一のために高橋が抱えている秘密は、いつも想像を超える。それを暴こうとは思わないし、知る気もない。知らないことが、最高の防御になる。

高橋が裏切らないと信じているから、できる選択だ。

「聡が無事に戻れば、褒めてやる」

「無事ですよ」

当たり前だと言いたげに、高橋は鍵を開けた。先に入っていく。部屋の鍵をかけ直して続いた健一は、部屋の荒れ具合にため息をついた。

自分と笠嶋にどんな違いがあるのかを、これまで幾度となく考えてきた。自意識の強さも、女を抱くときの性的な強さも、さほど変わりはない。そう思えた。

しかし、ふたりの道を分けたポイントが、今日ははっきりと明示されている。

ディテールに対するこだわりだ。要するに、展望《ビジョン》だろう。笠嶋はあまりに貧弱過ぎる。色事師見習いのポジションを争っていたときから、何も変わっていない。

ふたりを選別した人間には、やはり見る目があったのだ。

「そこまでにしていただけますか。竹成聡は、うちの人間です。手を引いてください」

立ち並ぶ男たちを押しのけ、高橋は前へ出た。

背中を追った健一は、スーツの裾を跳ね上げて、スラックスのポケットに手を入れた。

しかし、高橋の後ろから出た瞬間、ヤクザの表情を作り忘れた。呆けたわけじゃない。怒りにこめかみが震え、鬼のような形相になった。

ソファにもたれていた男たちが、思わず腰を浮かせる。

その中心で、下着姿の聡が膝を突いていた。腰の裏へ回した手や身体に縄がかけられている。這いつくばった背中に足を乗せているのは、笠嶋だ。

「笠嶋、てめぇ。貧乏が過ぎて、犬と人間の違いもわからなくなったか？」

健一の声を聞いても、聡に反応がない。嫌な予感がして、健一はポケットから手を出した。

「聡、帰るぞ」

下着を着けているからといって安心できることは何もなかった。この中の誰のものをしゃぶらされたとも限らない。

考えると頭に血がのぼる。手がわなわなと震えたが、高橋の視線が背中にチクチクと刺さり、危うく理性が保たれた。

「遅かったんじゃないか？　塩垣さん」

わざとらしく敬称をつけ、笠嶋がニヤニヤと笑う。

「あんたの犬が俺の靴を舐めたところだ」

「やめてくれよ。安い合皮じゃ、たいした味じゃないだろ」

鼻で笑いながら、聡を縛っていた男を押し退ける。引き起こそうとすると、笠嶋に腕を掴まれた。

「なぁ、塩垣。あのババアに突っ込んでやったのか？」

「てめぇじゃ満足できないって足を開くから、女の悦びってやつを、ちょっと教えてやっただけだ」

ゴルフ接待をした相手のことだ。

後妻業で貯め込んだ小金持ちで、不動産を買い集め、いくつかの飲食店も成功させているマダムだった。若手のヤクザを札束でひっぱたき、自分の股ぐらを舐めさせるのが趣味の女だ。

評判は悪いが、健一は嫌いじゃなかった。もちろん好みでもないが、成功した男なら普通にやるようなことだ。

同じことを女がしたといって、蔑む気にはなれない。

「飽きられたんだよ、笠嶋。おまえは外見ばっかりで、中身がない。セックスも単調だってな。ま、短小で早いのがイヤだって、ばあさん笑ってたよ」

健一の言葉に煽られ、笠嶋が床を蹴って立ち上がった。高橋がすかさず入ってきて、聡をふたりの間から引きずり出す。

笠嶋は健一に向かって、目を剥いた。

「このまま、表から出られると思ってんのか。北林組の、若頭さんよぉ。あんたが俺らに手を出したとなれば、抗争ものだ。指の一本や二本、覚悟しろよ？」

笠嶋が凄むと、部屋の空気が一変した。自分たちに利があると勘違いした男たちがざわつく。

「そんなことにはなりませんよ」

高橋が冷静に答える。笠嶋へ言ったのではなかった。聡の縄を解きながら、話しかけているのだ。

「この男、笠嶋というんですが、それほど価値のある人間じゃない。社長に比べれば、ゴミ同然だ。死んだって、気づかれない」

「おい、てめぇ！」

怒鳴ったのは笠嶋本人だけだ。残りはじりじりとあとずさっている。健一はスッと視線を巡らせ、部屋の端でバットを振り上げた男を睨んだ。動きを制して、笠嶋に言う。

「おまえもわかってるだろうな。俺がケガをしたら、うちの組も色めき立つぞ。手打ちを頼むツテがあるんだろうな？」

「知るかよ」

そう言いながらも、笠嶋はすでに腰が引けていた。ここで健一を煽り、誰かひとりにでもケガを負わせれば、組への手土産になるというのに、決め手を考えるための頭がまるで回っていない。

笠嶋の青写真は、聡を拉致して辱め、それを突きつけて健一を怒らせる。その程度の策だ。健一が講じるカウンター攻撃の有無さえ計算に入っていない。

「仕方ねぇな。おい、そこのおまえ！　そのバットを寄こせ。ついでに殴られろ。笠嶋を男にするチャンスだ」

　健一は手を差し伸べた。動きかけた男は、ひぃと叫んであとずさる。自分が犠牲にはなりたくないのだ。

「ほんっとにダメだな、笠嶋。おまえは人望ってものがない。まぁ、おまえを殴ってもいいけどよ。加減が難しいからなぁ」

　これまでの因縁を考えれば、力が入り過ぎて殺しかねない。それに、菊川会の構成員ではない下っ端の方が、組同士の後処理が楽だ。

　どちらも動けない状況が続き、健一はうんざりする。笠嶋のことだから、背中を見せれば襲いかかってくるだろう。それはもちろん、あとずさっても同じことだ。ここで北林組の若頭がケガするわけにはいかない。だから、攻めていくしかなかった。

「仕方ねぇな。おまえしかねぇよな」

　健一はスタスタと部屋を横切り、怯えている男を引っ捕まえてバットを取りあげた。

「笠嶋、一発殴られとけ。そのあとは、抗争でも何でも、てめぇの兄貴分に頼めばいいだろ」

「ふざけんな。てめぇの言う通りになんか、誰がするか！」

「じゃあ、おまえが俺を殴るか？　役付きを病院送りにしてハクが付くのはな、抗争が始まってからだぞ。わかってんのか？」

「うっせぇんだよ。小せぇ組で役に就いたぐらいで、ふざけんな。クソが」

笠嶋はがぁがぁと喚き立てた。

「殴ってやらぁ！　てめぇなんか、ぶっ殺してやる！」

腹の底から叫び、こめかみに血管を浮かせる。床を踏み鳴らして興奮するのを眺めた健一は、手にしたバットをくるっと回し、持ち手を笠嶋へ向けた。

「じゃあ、フルスイングで、俺の頭をかち割ってみろ」

なおもバットを突きつける。舎弟が成り行きを見守っている中で、笠嶋を引くに引けない場所へと追い込んでいく。

本気でバットを渡す気はない。黙ってケガをするのはバカだ。健一に万が一のことがあれば、組の統率に問題が出る。組長のことも守れなくなるだろう。

それなら、イチかバチか、笠嶋の頭をかち割ってやるつもりでいた。組同士は揉めるかもしれないが、健一を欠いてケンカするよりはマシだろう。

高橋が時計を気にしているのが視界の端に見え、そろそろ応援が到着するのだとわかった。

そうなれば、やり過ごせる。

危ない橋を渡らずに済ませる可能性に賭けようとしたとき、笠嶋が吠えた。一瞬の隙を突いて、バットの柄を握られる。奪われたと同時に横へ避けた。

笠嶋がバットを振るうように見えたが、次の瞬間、肌色の固まりが彼へと転げていく。健一は目を見開いた。

聡だ。高橋が慌てて追ったが、動きは聡の方が早い。バットを握ったかと思うと、笠嶋から奪い取る。間髪入れずに振りかぶった。

誰が叫んだのか。鈍い音と悲鳴が同時に響いた。聡の振り下ろしたバットが殴打したのは、山本の肩だ。

「……これで終わりだ」

身体中を震わせた聡が言う。淀んだ目は無表情に山本を見下ろす。憎んでいるのか、蔑んでいるのか。健一にも判断が付かない。

「あぁ……」

と高橋が苦々しく息をついた。

逃げる間もなく殴られた山本は呆然と転がっていた。次第に痛みを感じ始め、ついには泣き叫び出す。

玄関のドアを激しく叩く音が紛れて響き、健一は応援が来たことを知る。身を翻した。唖然《あぜん》とする男たちの間をすり抜け、玄関へ向かう。

開錠してドアを開けると、バットを携えた男たちが待ち構えていた。

「片はついた。散ってくれ」

軽く払いのける仕草をすると、それぞれが顔を見合わせた。

背中に山本の叫び声を聞きながら、健一はポケットの金を出した。男たちのひとりに握らせる。

「サツに呼び止められたら、バッティング練習に行くところだって言えよ。センターが駅の裏にあるから、道を間違えたってな。高橋には、俺から伝えておく」

「押忍《おす》ッ、失礼します」

健一の方に面識はなかったが、彼らは北林組の若頭を知っているらしい。礼儀正しく頭を下げて去っていく。

部屋を振り向くと、高橋に連れられ、聡がとぼとぼと歩いてきた。バットで人を殴ったわりに落ち着いて見えるのは、アドレナリン過多で放心しきっているからだ。

「山本の件は、大学生同士のいざこざということで口裏を合わせるよう、笠嶋と話をつけました。菊川会からの横槍が入る前に、こちらからも追って書面で抗議を入れます。社長も相応の覚悟をしてください」

口裏を合わせても、完全には隠せない。菊川会は手ぐすねを引いて、北林組の失態を待っているのだ。どんなささいなことでも問題にしてくるだろう。

「知らねぇ」

高橋にはそっけなく答え、ズボンだけ穿いて出てきた聡に、自分のジャケットを着せかけた。肩を抱き寄せると、ふらりと身を任せてくる。わずかに震えていた。

「どうして、手を出した」

エレベーターの中で聞くと、

「……山本にしつこく殴られたから、腹が立ってた」

聡はうつむいて答える。呆然とした声だ。息がまだかすかに乱れ、指先をぎゅっと拳に握り込んでいる。

寄り添ってくる、あどけないつむじを見つめ、健一は口を閉ざした。何も言えなかった。おかげで助かったと、喉元まで出てきた言葉を呑み込む。

褒めても、慰めても、ダメな気がした。聡の言葉を、『もっともらしい』と感じてしまったからだ。

マンションを出て、車の後部座席に聡を座らせた。健一は助手席に乗る。高橋が驚いたが、何食わぬ顔で今後についての相談を始めた。

組への連絡。戸部たちへの指示出し。知り合いを通じて、菊川会内部との事前調整も必要だ。ひと通りの対応を終えると、健一は窓の外を見た。腕を組み、まんじりともせずに思い出すのは、聡との暮らしだ。

胸の奥が熱く爛れ、後悔だけが先走る。

再会して、無視できずに手元へ置いた。そうするべきでないことは知っていたけれど、我慢ができなかった。

誰かを好きになると、人はほとんどの場合、『道』を踏み外す。決断力が鈍り、選択を誤る。『好き』というだけで幸せになれないことは知っているのに、どこかに例外がありはしないかと、無謀な賭けに出てしまう。

健一は、ただ黙った。

大人としてするべきことを考える。

まだ若い聡のために、大人がしてやれることを。いまこそ冷静に考えようと努めた。

＊＊＊

「自分が何をしたか、わかってる?」

聡の左手首にシップを貼った高橋は、念のためだと言って、鉄板入りの黒いサポーターを着けた。

「折れてはいないと思うけど……、とんでもないな」

苦笑を浮かべようとして失敗した顔は、心底から憂鬱そうだ。健一の自宅リビングでソファに座った聡は居心地悪く、もぞもぞと腰を動かした。

「俺、間違えましたか」

「んー、君がうちの新人なら満点。でも、違うから」

そこで言葉が途切れる。聡は、思わず身を乗り出した。

高橋の視線がそれて、沈黙が流れる。聡は居心地の悪さを感じてうつむいた。廊下へ続くドアが開き、健一が姿を見せる。手にした携帯電話をもてあそびながら言った。

「組にはまだ知られてなかった。下っ端の小競り合いが原因だってことにしてあるから、あとは頼んだぞ」

声をかけられた高橋は、応急手当てのセットを片付けて立ち上がる。

「では、組事務所へ顔を出してきます。聡くんの手首は捻挫《ねんざ》だと思います。念のため、サポーターを着けてますが、病院へ連れていきましょうか」

「その前に、話がある」

健一の声は、聡に向かって投げかけられていた。健一はひとり用のソファに浅く腰掛け、一緒に聞くようにと高橋へ声をかけた。

応急手当てのセットをダイニングテーブルに置いた高橋は、聡の斜め後ろに立つ。

説教が始まるのだろう。高橋からも遠回しに、行動を間違えたと言われたばかりだ。叱られる覚悟はできていた。

それでも、突破口になると思ったことは間違ってはいないはずだ。役職に就いている健一の方が、笠嶋という男より分が悪い雰囲気だった。

「聡。どうして山本を殴ったか、説明してみろ」

膝を大きく開いた健一は、前のめりになって指先を組み合わせる。その顔は、憔悴《しょうすい》しているように見えた。

危険なことをするなと怒鳴られる覚悟をしていた聡は、息を呑んだ。健一が言わんとしていることは、想像と違っている。

聡は言葉を探した。健一を落胆させたくないと思う。

「……無謀だったと思うけど……。でも、俺は、ただ……、役に立とうと思って」

「本気で言ってるのか」

健一の視線は冷たかった。物事の真実を見極めようとする眼差しは凛《りん》と冴え、まじまじと聡を見たあとで高橋に向けられる。

聡はとっさに振り向き、健一に応える高橋のうなずきを見た。本気だと肯定され、ホッとして姿勢を戻す。

山本の自分に対する扱いに我慢の限界を覚えていたことは事実だ。でも、それは動機じゃなく、言い訳だった。

自分のために人を殴ろうとは思わない。でも、健一に有利になるのなら、聡が迷うことはない。

すがるように健一を見ると、視線はまっすぐに返ってきた。

苦み走った魅力的な目元には、眉根を開いていても深いしわが刻まれている。聡は、夢を見るような心地で、惚れた男を眺めた。

頬を撫でてくれる健一の手のひらを思い出し、身体の奥がじわりと焦れる。

ふつふつと湧き起こるものを気力と呼ぶなら、聡は、彼によって、彼のためだけに生きているに違いない。

「健一さんのためなら、何でもする」

聡はまっすぐに言葉を投げた。それが、自分にできるすべてだと思う。健一のためだけの自分でいたい。

でも、健一は受け取らなかった。顔の前で手を振り、聡の視線からも顔を背ける。

聡の背中に冷たいものが走り、手足がキュッと温度をなくした。急激に、身体が冷えていく。

健一が、口を開いた。

「これきりだ、聡。……おまえとは終わりだ」

声が地中から響くように聞こえ、聡はたじろいだ。ゆっくりと戻される健一の視線から逃れようとあとずさる。

ソファに背中が当たって、全身の力が抜けていく。

「荷物をまとめて出ていけ。高橋、途中で病院に寄ってやれ」

健一は前から決めていたかのように冷静だ。聡を見たまま事務的に言う。

柔和にさえ聞こえる声は、自分と関わりのない、一般社会の人間に対するときの声色だ。圧倒的な拒絶だった。

「……い、いやだ。嫌です！　健一さんっ！」

ソファから滑るように下りた聡は、手の痛みも忘れて床を這った。表情を変えない健一の膝へすがりつく。

「悪かったなら謝るから！　もう二度としない！　だから、だから……」

「良し悪しの問題じゃない。やっぱり俺には、無理なんだ。おまえはこれまでも普通に生きてきた。元へ戻れる」

「戻れない。戻れない！」

聡は、髪を振り乱して否定した。

涙が両目からボロボロこぼれ落ちる。必死になって健一を見上げたが、振り向かない横顔には苦悩の影が見えるだけだ。

聡はくちびるを震わせ、健一の視線が向くのを待った。何か大きな、覆せないほど決定的な失敗をしてしまったとしても、やり直すチャンスはあるはずだ。

糸口を探そうと、泣きながら高橋を振り返った。聡の頼みの綱は、腰の後ろで腕を組んだまま、視線を伏せていた。

どんなに突拍子のないことでも、健一の言葉であれば、そのまま呑み込む。高橋が一番大切にしているのは健一だ。

驚いてもいないところを見ると、想像がついていたのかもしれない。

ひとり、愕然とした聡は、大人を交互に見る。そして震えながらくちびるを噛んだ。気がつかなかった。健一が、ふたりの関係に迷っているなんて、思いもしなかった。自分は求められ、所有され、何もかもが上手く行っていると思っていたのだ。

予兆もないまま別れを宣告されるなんて考えもしなかった。

「健一さん……」

涙が止められず、心細さに崩れ落ちそうになって呼びかける。膝に寄りかかると、落ち着き払った健一は静かに口を開いた。

「おまえが好きになったのは、俺が捨てた過去だ。……それに、どうせ男同士だ。そうだろ、聡。俺は女を抱く。おまえはもっと普通の男に抱かれろ。俺がつけた傷があっても、そんなものは、すぐに治る」

聡から身体を離した健一は、すっくと席を立つ。すぐに動いた高橋が、言われる前からジャケットを着せかける。

涙を拭った聡は、自分を捨てようとしている男を目で追いかけた。思考回路をフル回転させて言葉を探す。

浮かぶ言葉は謝罪しかなく、ごめんなさいと繰り返し、床に頭を擦りつけた。

しかし、そんなことで心を動かす大人たちではない。

わかっていても、これしかできないから繰り返す。健一は聡を無視して、高橋に言った。

「……菊川会は山本を身内だと言って慰謝料を要求するだろう。金を作ってくる」

健一の言葉に胸が詰まり、聡は泣きじゃくって顔を上げた。

女を抱きに行くのだ。

気づいた瞬間、猛烈な感情が湧き起こった。悲しみとも怒りともつかない強いエネルギーに心が揉みくちゃにされる。

女を抱いて、金をもらう。それが彼の生き方だ。そうやって、生きる場所を確保してきたのだ。

わかっていても我慢ができなかった。必要とされていれば許せることが、切り捨てられたとわかってからでは耐えられない。

健一には別れることができても、聡には無理だ。何の覚悟も持てない。

「健一さんっ！」

叫んだ瞬間に、息が詰まった。胸が苦しくなり、呼吸が荒くなる。聡は胸を押さえて、その場に突っ伏した。

好きだとか、ひとりでは生きられないとか、殺してやるだとか、叫びたい言葉は次から次へと溢れてくる。なのに、どれもがとってつけたような台詞だ。

健一の心に刺さらないことだけが、聡にもわかる。

「ゆっくり息をして……」

ビニール袋を手にして戻った高橋に介抱され、ぜいぜいと息をつく。聡は視線ですがった。

健一はまだいるはずだと問いかけたが、苦々しい表情で否定される。

「終わったんだよ、聡くん」

いままでの親切も、気の置けない会話も、これから病院へ行ってアパートまで送ることも、すべては命令だからするのだと、ヤクザの舎弟は割りきった顔をする。

「どう、して……」

聞いても無駄だとわかっていたが、最後の望みを繫ぎたかった。健一のことをよく知る彼なら、本当のことを教えてくれるはずだと願う。

しかし、聡の望む『本当』はどこにもなかった。

夢は破れ、もう二度と、昨日には戻れない。

「答えを探している間にね、どうでもよくなるよ。恋愛なんて、そんなものだから」

高橋のそっけない言葉。それが現実だった。

どんなに願っても、ほんのささいなことで終わってしまう。これが、聡の恋だった。

＊＊＊

物事を考えそうになるたびに、グラスの中の酒をあける。手酌でバーボンを注ぎ足し、健一は狭い店のカウンターにもたれた。ジャケットは背後の壁にかけ、紺色のシャツを腕まくりしている。

雑居ビルに入っている小さなスナックだ。席はカウンターしかなく、常連客がヘタな演歌を歌っていた。酔客の笑い声は大きく、バカ騒ぎで気が紛れる。

「ここにいらっしゃいましたか」

遠く幻のような声が聞こえ、健一は半分しか開かない目でスーツ姿の高橋を見た。繁華街をしらみつぶしに回ったような疲れ具合だ。

健一はふっと笑って、喉をバーボンで潤す。もしくは、喉を灼《や》いているのかもしれなかった。

「骨は大丈夫でした」

高橋の座る席はない。だから、隣との間に身体をねじ込んでくる。隅に座った健一は壁にもたれて顔を上げた。

髪を掻き上げ、聞きたくもないと言えない自分に気づく。

「いつまで泣いてた」

聞くべきではないと思ったが、口にしたいことはそれしかない。

「ずっと、です。……また待てばいいのかと、問われました」

高橋が身を屈める。丸氷の入ったグラスを届けた年増のママは、カラオケに合わせて手拍子をしながら離れた。

健一は指先でバーボンの瓶を押す。手酌で注いだ高橋は、ほんのわずかに舐めて、グラスを置く。

「……次は、ない」

健一は答えた。

ふたりの間に沈黙が流れ、空間を埋めるのはねっとりと歌いあげられる演歌だ。健一は笑いながらカウンターに突っ伏した。

間違っていたと思い知る。あの子どもだからと、手元に置いた自分が間違っていた。

「あいつは、また元に戻る。擬態だろうが、普通に暮らせるなら、それがいいだろ」

むくりと起きて、酒瓶を掴んだ。まだ酒が残っているグラスをさらに満たす。グラスを持つ手が震え、高橋に支えられた。酒がこぼれて、テーブルが濡れる。

「ひどい飲み方だ」

「うっせぇ、呼んでねぇのに、来やがって」

「バーボンは水じゃないですよ。女はどうしたんですか」

「……は？」

仕事のために女に会うと宣言したことをすっかり忘れた健一は、眉をひそめる。高橋は平然としたまま続けた。

「酔っているなら、質問に答えてください。本気にはしませんから」

「意味あんのかよ」

「なくていいじゃないですか。酔っているんですから」

高橋に言われ、健一はまたふらふらと壁にもたれた。指先を上に向け、人差し指で誘うように先を促す。

「どうして、拒絶したんですか。確かに、突拍子のない行動で驚きましたが、こちらの不利になる行為ではなかった。山本を狙ったのもちょうどよかった。当事者ふたりだけの問題にすることもできますから。……俺は、社長も満足する結果だと思っていました」

「喜ぶとでも？」

「……彼は、わりとこっち側の人間です。それは、初めてのときからわかっていたんじゃないですか」

「言葉を選ぶよなぁ、高橋。言えばいいだろ。てめぇを犯した相手に惚れるなんて、ちょっとイカれてる……そういうことだろ」

ふたりの過去は関係ない。たとえ、すでに恋愛関係にあったとしても、強姦の卑劣さが帳消しになることはないのだ。

まっとうな考え方をする人間なら、もっと思い悩む。しかし、聡にはそれがなく、健一が相手ならいっそよかったと言わんばかりに清々《すがすが》しかった。

　聡の抱える、危うい心のバランスゆえだ。

「それが気に食わないんですか。きっかけなんて人それぞれです。……社長が初めてだと、相手はラッキーですよ。これまでだって、惚れなかった相手がいないぐらいで」

「ん？　初耳だぞ。」

「俺が仕上げなきゃ、ストーカーだらけですよ」

「鬼畜タカハシ」

　スパッと言い捨てて、健一はにやりと笑う。高橋は肩をすくめた。

「社長が優しいのは、その瞬間だけですけどね。あとの鬼畜さは、俺なんか足下に及びません」

「褒めてねぇな……」

「褒めてますよ」

「何を語らせたいんだ。俺が、どれほど聡を愛していて、どれほど手放したくないと思ってるのか。……そんなことか？」

「思っているんですか」

　高橋の言葉は冷たく響いた。

　思っているのならば、手放さないと知っているはずだ。そばに置きたくないから、切り捨てたのだ。

　相手が泣こうが喚こうが、別れを決めてしまえば、捨てたあとの相手の行く末なんて気にしたことはなかった。

だから、今回も同じように振る舞う。

「どう考えたって無理だ。俺のためだろうが、仕返しだろうが、ダメなもんはダメだ。……どうしようもねぇだろ。俺は鉄砲玉が欲しかったワケじゃない」

「まぁ、俺がいますしね」

高橋は、変なところで胸を張る。健一の防弾チョッキ兼鉄砲玉の自負があるからだ。有事の際には、自分の命ぐらい簡単に投げ出してしまう。

「金田も戸部も、石本も吉谷もいるからな」

健一が笑うと、無駄に張り合うこともなく、高橋はうなずいた。

「みんな、社長のためなら喜んで死にます」

「そうだろな。てめぇらが死んでも、俺は、ありがたいって思うだけだ」

「彼は違いますか」

「死なれるのはなぁ……」

「そんなに簡単には死にませんよ」

軽薄なあいづちを返され、健一は顔を歪めた。

「高橋。俺はもう、あいつがそばにいても嬉しくない。あいつはな、どうして自分が人を殴ったのか、本当のところは、わかっちゃいねぇんだ。俺のためだと思いながら、いつか暴力を振るう側にいる自分に気づく。……怖がって、泣いてるだけのガキだったらな……」

よかったのに、とは口にしない。

高橋は不思議そうに首を傾げた。

「暴力を振るうことに快感を持つと思っているんですか？……彼にトラウマがあると言ってましたね。それが関係していますか」

「してないと思うのか？」

健一は話を混ぜ返す。

真剣に語り始めたら、目をそらしている『答え』にたどり着いてしまう気がする。それは見たくない。

「いえ……。でも、彼はリストカットの痕もないし、人間関係も上手く構築していたので。それほど深刻な精神状態には思えません。今回の件は、空気を読んだだけのことでは……」

「かもな……」

健一はつぶやいて、カウンターに置いた煙草の箱から一本、取り出した。高橋が火をつける。

「過去のあいつを知らなければ、そう思えた。度胸の良さも、俺への愛情だと思ったかもな」

言いながら、健一は自嘲した。

恋人の突破口を見つけるために、一番弱い相手を選んで殴るなんて、普通ではできない。殴られ続けて腹が立ったと、もっともらしい言い訳が瞬時に出てくることも、恐ろしいのだ。

「聡はな。自分が暴力に弱いことをよく知ってる。強引にされたり、貶められたりすると、存在価値を認められた気分にでもなるんだろ……。何も考えられなくなって楽だとか、よく聞く話じゃねぇか。だから、山本みたいなのを頼ってたんだ」

「社長との仲は違うでしょう。ふたりの間には、過去の……」

「意味あるか？　そんなもん」

健一は笑い飛ばした。煙を吐き出して続ける。

「ねぇよ。いまさら。その過去にだって、いい思い出なんか、ひとつもない。俺はあいつを邪険にしたし、あいつはいじめられたくて近づいてきただけだ。俺はそれが、たまらなく嫌だった。あいつの親の代わりになんか、殴れねぇだろ」

「腕の傷のことは……」

「仕方なしだ。持ってたんだよ。聡も、ナイフを。……刃物を持って追いかけっこするのが、あの親子の愛情表現だったかもしれないけど」

「すみません、まったく笑えません」

高橋は疲れた顔でため息をつき、酒をグビリと飲んだ。健一は煙草をふかす。

「そうなんだよ。笑い事じゃねぇんだよ。そんなところから始まって、あれだけマトモに生きてるんだから、あいつは自分自身をよく見てる。……でも、俺がいるとダメだ。過去といまが重なって、愛情と暴力の区別が付かなくなる」

そして、健一もまた、望まれるままに暴力を振るうようになるだろう。

聡を束縛していられるのなら、きっと応えてしまう。

それは、殴ったり蹴ったりするようなわかりやすい暴力だけじゃなく、精神的に追い込みなじり、そして愛情を試し続けるような責め苦だ。ＤＶと共依存は深く絡み合って、ときどき愛情と区別が付かなくなる。

煙草を灰皿へ置き、健一は片手で顔を覆った。

指先がかすかに震え、腕が聡を抱きたがる。逃れようとした真実が背中に貼りつき、大人であろうとする健一を揺さぶった。

心と身体のすべてを投げ出した聡から、しがみつくように愛される幸福が恋しい。

ずっとそばにいてくれるのなら、完全な支配を与えてしまいたかった。聡の人生を手に入れる妄想は甘美で、健一の人生を根本から覆していく。

聡よりも、自分の方が、この関係に溺れている証拠だ。

「社長……」

そう呼びかけたきり、高橋は口を閉ざした。

うつむいた健一の涙は、誰にも見られることのないまま、バーボンに溶けていく。

琥珀色《こはくいろ》の液体を喉に流し込んだ健一は、何事もなかった顔で高橋を見た。

「夢だったんだ」

そう告げて立ち上がる。

夢は見るものじゃなく、叶えるものでもなく、ただ味気なく醒めてしまうものだと、生きていればわかってしまう。

聡と初めて出会ったとき、彼はまだ幼かった。

子どもじゃなくなった彼と再会したら、まったく違う関係を作れるんじゃないかと期待した健一は、聡の存在に依存してきたのかもしれない。

無条件に頼られ、すがりつかれて、守ってやることで自分を承認しようとした。けれど。

再会した聡は、それでもまだ若く、健一は無駄に年を重ねていた。ふたりの年齢は一回りも違っている。

恋愛のできない年齢差じゃないと、人は言うだろう。聡もきっとそう思っている。

情熱に駆られて、健一だって、一度は求めた。

上手く愛して、守っていこうと、そう思ったことは真実だ。

でも、何を守ろうとしていたのか。あのとき、わからなくなった。

聡は、爆弾のような暴力装置を胸に抱えている。

親の気性を引き継いだのかも、育てられ方のせいなのかも、わからない。でも、一番の問題は、本人に自覚のないことだ。

怒りで山本を殴り、健一のためだと言った。

その言葉の怖さを聡は理解していない。そして、いつか自分が深く傷つき、破綻していくことを想像もしていなかった。

平穏に生きることに成功してきたからだ。今度もまた、元に戻れると思い続けて、人は転落していく。そのときはもう、一瞬だ。

だから、戻れるうちに戻ればいい。

望むものが手に入らなくても、不幸でなければ、人は幸福を感じられる。痛みを伴って手に入れる達成感なんてものを、聡には教えたくない。それは地獄絵図だ。

健一は、すべてを引き受けた気になって、薄笑いを浮かべた。

孤独には慣れている。そう言いたげに大人を演じ、高橋を引き連れ、夜の街へ出た。

【5】


開け放った窓の外から聞こえてくる音を、聡は少しも聞いていない。ベッドの上で膝を抱え、泣き腫らしたまぶたを伏せた。

タンクトップが汗で濡れ、肌に貼りついている。

「信じられない」

沈んだ声で言ったのは、シゲハルだった。狭い玄関で靴を脱ぎ捨て、クーラーのリモートコントローラーを探す。その途中で扇風機に気づいて電源を入れた。

「電話にも出ないし、メールも返さないし……。来てみれば、これだ。リモコン、リモコン。サウナよりひどいな」

呼びかけながら探し回った末に、シゲハルはようやくリモートコントローラーを見つけた。クーラーをかけて、流れ出す風の前に仁王《におう》立《だ》ちになる。

「調子悪いなら、寝てろよ？」

しばらくしてから窓を閉め、提《さ》げてきたコンビニエンスストアの袋から、スポーツドリンクを取って戻る。

「音信不通だから、これは風邪か熱中症だろうと思ってさ。……電気代が気になるのはわかるけど、こんなに暑い日が続いてるんだから、少しは涼しくしろよ。死ぬぞ……。ほら、飲んで」

ペットボトルを渡され、喉がカラカラに渇《かわ》いていたことを思い出した。一気に飲み干すと、呆れたシゲハルからゼリー飲料を渡される。

「どうせ、食ってないんだろう。風邪か？　熱中症か？」

首からさげたタオルで汗を拭うシゲハルは、ふくよかな体格だ。もともと長身で肩幅もある。その上に脂肪が乗り、縦にも横にも大きい。

聡は黙ったまま、ゼリー飲料に口をつけた。食欲なんて微塵もなかったが、水分を摂った身体はさらなる生命維持を求めている。

「……聡、おまえ……、大丈夫か？」

シゲハルの問いかけを無視してうなだれたまま、パウチの中身を吸いきる。また膝を抱えた。

「調子が悪いなら、病院へ行こう。……これ、手首……、どうした」

サポーターに気づいたシゲハルに肩を掴まれた。引き起こされ、顔を覗き込まれる。

「聡……」

ぎょっとしたような声のシゲハルは動揺していた。

「大丈夫じゃないな」

ぼそりと言って、身を引く。

「車で来てるから、すぐに病院へ行こう。おまえ、目の周り、すごいぞ。腫れてんのか」

泣いたからだ。この二日、泣き通しだった。

大慌てで立ち動いたシゲハルは、聡に着せようと、段ボール箱のそばに落ちている服を拾い上げた。

「引っ越しでもするのか？　もうちょっとキレイに入れろよ」

笑われたが、答えることができない。

「おい、聡」

顔を上げようと思った。でも、それさえできずに、目の前がかすんでいく。段ボール箱は持ち出すためのものじゃない。追い出され、突き返されたものだ。

現実が急激に戻ってきて、聡は喘ぐように息を吸った。

また呼吸ができなくなるのが怖くて身体がすくみ、何も考えたくないと思った瞬間、すべてが遮断された。

そのまま意識が飛んだ。


目が覚めたとき、聡は心底から落胆した。

自分が簡易ベッドの上に寝そべっていることに気づく。視線の先にスタンドに吊るされた点滴のパックが見え、管は腕に伸びていた。

いきなりの別れから二日。聡は食べることも眠ることもしなかった。食欲も睡眠欲も消え失せ、心は少しずつ死んでいくことを選んでいたのだ。

夏日が続いたのは、不幸な偶然だった。

「あ、気がついたか……。よかったぁ……」

人のいいシゲハルが顔を覗き込んでくる。

「見えるよな？　わかるよな？」

矢継ぎ早に言われ、思わず笑ってしまう。実際は弱々しく顔を歪めただけだ。声も出せないほど疲労感が強い。

「いい、いい。無理して話すな。でも、ほんと……死ぬんじゃないかと思った」

安心しているシゲハルから視線をはずし、聡は静かに目を閉じた。天井の明かりが眩しい。

光が目に沁みただけだったが、シゲハルは安心して泣いていると思ったのだろう。汗臭いタオルで目元を拭われる。そういうところは気が利かない男だ。

「……泣くなよ……」

「ここ、おまえの家の近くの病院。処置室だ。点滴が終われば帰っていいって。たいしたことないよ。水、飲むか？　ストローがあるから、そのまま顔だけ向けろ」

言われるままに従うと、くちびるにストローが当たる。喉が潤い、聡はゆるゆると息を吐き出した。

「シゲ、ハ……さん……」

かすれた声が出る。顔を背けたシゲハルが乾いた笑いをこぼした。

「俺が泣いちゃ、世話ないよな……。おまえ、何で俺に相談しなかったんだ」

肉がついた肩をぼんやりと見つめた聡は、それが倒れてしまったことに対してではないと気づいた。漠然と理解して、返答に困る。

「山本の保証人になってたんだろう。……ヤクザと、その……」

ミカの顔が脳裏をよぎる。シゲハルが知っていることは、たいした内容じゃない。山本が知った情報がカノジョへ流れ、その女の子が売られる前にミカへ話した。その程度のことだろう。

「山本は……、心配、ない……」

声はかすれたが、話す気力は戻っている。頭の中もクリアだ。

「もう、現れないと、思う……」

「何か、知ってるのか」

バットで肩を壊してやったとは言えない。

黙っていると、シゲハルは深刻な表情になった。

「聡。しばらく俺の家に来いよ。夏の間だけでも」

説得するような声で言われたが、首を左右に振って断る。

「どうしてだよ。山本は心配なくても、ヤクザが……」

と、言いかけた途中で、ドアが開いた。入ってきたのは、看護師じゃない。日に焼けた男だ。

こちらを見ずに、あくびをした。

「金は払ったから、あとのことはよろしく。いや、ほんと、保険証あって助かった。現金はツラ……あぁ？」

戸部の顔が歪んだ。シゲハルの分厚い身体越しに、聡と目が合う。

「何だよ、気がついてんじゃん」

へらっと笑った視線が逃げる。

健一に頼まれて見に来たわけじゃないのだろう。わかっていて、聡は聞いた。

「健一さんに、頼まれたの？」

身体を起こそうとすると、シゲハルの手に押しとどめられた。戸部は逃げようとする。

だから、聡は渾身《こんしん》の力で叫んだ。

「戸部さんっ！」

「静かにしろよ。病院だぞ、ここ。……社長は知らない。たまたま近くを通ったら、この兄ちゃんがおまえを引きずってたから……」

「……そう……」

肘で身体を支え、聡は床を見つめた。涙がボロボロとこぼれ落ちる。

やっぱり捨てられたのだと実感して、吐き気を覚えた。

胃の奥が熱くなり、気持ちも激しく昂ぶる。悲しみなのか、怒りなのか。すぐには判断できない。自分のことなのに、感情の理由がわからないどころか、制御さえままならない。

「さ、さとし……」

シゲハルがおろおろと声を出す。

その身体を押しのけ、聡は点滴の針を引き抜いた。どんなふうに刺さっているのかも知らずに剥がしたので、腕から血が流れ出たがかまわない。

驚いて叫んだのは、意表を突かれた男ふたりだ。聡は、シゲハルの首からタオルを引き抜いた。腕の傷を押さえながら、戸部に向かって言った。

「健一さんのところへ、連れていって」

「はぁ？　無理に決まってんだろ」

「俺が捨てられたから？」

はっきり言うと、戸部はバツが悪そうに視線を泳がせる。聡は苛立った。針を引き抜いた場所が痛い。それさえ健一のせいに思えた。

あんなふうに抱いておいて、手のひらを返すなんて、考えれば考えるほど許せない。

「連れていけって、言ってるんだよ！」

「俺は、おまえの子分じゃねぇだろ」

ハッと息を吐くように笑われ、

「……大学生を舐めるなよ」

聡は目を据わらせた。

「分数、教えるぞ……」

ふたりのやりとりを見守っていたシゲハルが、「ん？」と小首を傾げた。椅子に座った姿勢で動きを止めて、もう一度「うん？」と言って、ふたりを見比べる。

聡はまんじりともしなかったが、戸部はあとずさっていた。片方の頬がヒクヒクと痙攣する。

「分数の足し算だろ？　それとも、かけ算？　割り算でひっくり返しとこうか……、なぁ、戸部さん！」

「わかった、わかった、わかった！」

追い詰められた戸部は顔面蒼白だ。わなわなとくちびるを震わせる。

「分数の話はするな……」

戸部の学歴コンプレックスの大元は分数だと、健一から聞いた。子どもの頃、分数の割り算で上と下をひっくり返す理由を考え過ぎ、ノイローゼになったという話だ。

「そ、そこ？」

シゲハルのつぶやきを黙殺して、聡はベッドを下りた。いつもの調子で足をついたが、思う以上に力が入らない。横転しかかったところへ戸部が腕を差し伸べてくる。

掴まって身体を支え、聡はシゲハルを振り向く。

「シゲハルさん、いままで本当にありがとう。俺が出会った中で一番、誠実な人間だったよ。ミカちゃんと仲良くね」

「ちょっ……、待てよ。どういうことだ」

シゲハルが椅子から腰を浮かした。その手に血のついたタオルを返す。

「ヤクザが俺に惚れてるのは、本当だよ。俺も好きでたまらない。だから、もう連絡先は消して」

「……連れていくだけだぞ。社長はおまえのことは、もう……」

同情を滲ませた声で戸部に言われ、聡は目を細めた。

「いいんだよ、べつに。愛されたくて帰るわけじゃない」

かすれた声で言って足元を見る。

胃の奥が苦しくなったが、健一のことを考えても、もう涙は溢れてこない。泣いて泣いて泣いて、何がいけなかったのかと思い悩む時間は終わった。

どうせ、健一の考えは読めない。それがふたりの年齢差だ。

わかりやすい関係なんて求めても無駄だと、聡は覚悟を決めた。

「許せないんだ」

聡は宙を見据えて、ぎりぎりと奥歯を噛んだ。腕を掴まれている戸部がたじろぎ、

「これ、連れていっていいの……かよ」

なぜかシゲハルに問いかけていた。


ほんの瞬間だったがシゲハルは真剣に考えてくれた。「頼む」と戸部に頭を下げ、連絡先は消さないと言って聡を送り出した。

その聡はいま、戸部の運転する軽自動車に乗っている。

家には寄らなかったので、服はパイルのハーフパンツにTシャツのままだ。携帯電話もなく、財布はシゲハルから受け取るのを忘れた。

でも、かまわない。身ひとつあれば、健一に会うには充分だ。

「ほんっとうに、会うのか？　やめといた方がいいんじゃねぇの」

戸部が車を停めたのは、静かな路地の一画にある二階建ての立体駐車場だ。周りには中層ビルが建ち並んでいる。

運転席に座った聡は、くちびるを引き結んだ。無言でシートベルトをはずす。

「これから行くのは、会社の事務所じゃない。北林組の事務所だ」

戸部の言葉に振り向く。いつになく真剣な顔で、戸部が続ける。

「おまえが腹を立てるのはわかる。強姦されて、愛人になって、好き勝手されて捨てられるなんて、許せなくて当然だ。でも、そういう世界なんだよ」

肩を掴んで揺すられる。

「心の底では悪いことなんかしたくないって思っててもさ、流されなきゃ、やってけねぇんだよ。みっともねぇから。……社長はおまえを大事にしてた。だから、切ったんだ」

戸部の言葉に、聡の心はチクリと痛んだ。

健一が切ったのは『関係』だ。そして、『縁』であり『絆《きずな》』でもあった。

「社長は今日、おまえの後始末のために来てる。荒れてるから……」

「でも、今度なんか、ないんだろ」

聡が言うと、戸部は苦々しく首を傾げた。

この機会を逃せば、二度と会えない。健一も高橋も戸部も、聡を徹底的に無視するだろう。

「組事務所へ行っても同じだ。もしも社長が切れて、組の連中をけしかけたら……、うちの会社に売られるよりもひどいことになるぞ」

「事務所に、行く」

聡が車を降りると、舌打ちを響かせた戸部も外へ出た。

「わかってねぇだろ！　あの人が終わりだって言ったら、終わりなんだよ。逆らったら、おまえの人生、本当に台無しになるぞ！」

「何が！」

　聡は叫んだ。立体駐車場の鉄板床を踏み鳴らす。

「初めから台無しだよ！　売られたときから！　あんなふうに出会って……、好きになるなんて、最低だ！」

「忘れろ！　ぜんぶ、忘れろよ！」

「忘れたくないことだって、あるんだよ！」

　目元を真っ赤にした聡は拳を握りしめた。ぶるぶると全身を震わせる。

「連れていって。戸部さん。俺は、どうなってもいいなんて思ってない。だけど、思い通りにしてくれなかったら、恨む」

「好きにしろよ」

「……分数」

「そんなもん……」

　ぐっと奥歯を噛みしめて、戸部はうつむいた。

「怖くねぇんだよ……。おまえ、苦労して大学に通ってんだろ。今年で卒業できるのに、こんなとこで血迷うなよ」

「血迷ってなんかない」

　聡ははっきり言う。

「俺はね、一度はあの人をあきらめたんだと思う。俺といたら、もっと不幸になるから。……

親の代わりをしてもらうなんて、嫌だったからだ。ずっとずっとずっと、好きだった」

目頭が熱くなって、視界がじわりと歪む。聡は涙をこらえた。

「あの日、無理矢理犯《や》られて、健一さんだってわかって。それで……、やっと理解した。俺が生きてきたのは、いつか出会えるかもしれないあの人と……」

言葉が喉に詰まって、それ以上は話せなくなる。

漫然と生きている振りをしながら、その相手がミチ兄でないなら出会いたくないと思うほど、彼だけが特別だった。

脳裏に、夕焼けの境内が浮かび、そして、行き詰まってうつむくミチ兄の、鬱々とした姿を思い出す。

かける言葉はなく、温かい心の交流なんてものも、夢のまた夢だった。それでも、聡は忘れずに生きてきた。

聡は顔を上げて戸部を見た。うつむけば、涙がこぼれてしまう。

「おまえ、社長と知り合いだったのか」

「子どもの頃。一瞬だけ」

「そりゃ、無理だよ。一度でも手元に置いたのが奇跡だ。そういう人なんだよ、社長はもともと。……特別なものを持たない人なんだ」

「それなら、それでいい。俺だって、ケジメがつけたい」

腕を引っ張ると、戸部はよろけた。

「本当に、どうなるか、知らねぇぞ」

ぼやきながら歩き出す背中を追いかけ、聡は聞いた。

「さっき言ってたこと、本当……？　けしかける、って」

「さぁ、どうだろうな。わざわざ男とやりたいヤツなんかいねぇけど。でも、小突き回されるぐらいのことは覚悟しとけよ」

戸部は長い長いため息をついた。歩いて一分もしないうちに三階建てのビルに到着する。一階に造られたオープンガレージには、黒塗りの車が四、五台、置かれていた。外付けの階段脇にインターホンがあり、戸部が名前を告げると、階段の上のドアが開いた。

早足で駆け上がって中へ入る。狭い事務所スペースには男たちがたむろしていた。煙草の煙が充満している。

「あれ、まだ話し中？　長くない？」

戸部の声を聞きつけて、男たちの中からワイシャツ姿の金田が顔を出す。

「揉めてんだよ。幹部だけの話し合いのはずが、組長が聞きつけて……」

「え！」

戸部が叫んだのとほぼ同時に、金田も声をあげた。背中に隠れるように立つ聡を見たからだ。

「連れてくんなよ……。やべぇよ。高橋さんもいるのに」

隠せ隠せと金田は慌てた。しかし、すでに真後ろに立っている。聡を見ても、高橋は驚かなかった。

「戸部が連れてきたのか」

「俺が、勝手についてきたんです」

戸部を押しのけて前へ出る。よろけた戸部は、すぐに体勢を整えた。

「たまたま歩いてたら、こいつが道に倒れてて、それで病院で点滴をして……。ほら」

血が固まったままの腕を、ぐいっと持ち上げられる。金田が、げんなりと肩を落とした。

「って言うかさ、引きちぎった感があるんだけど」

「おー、こいつ、キレてさぁ」

世間話を始めそうになったふたりは、微動だにしない高橋に気づく。聡はずっと彼の顔を見ていた。

誰よりも健一を知っている男だ。少しでも本心がうかがえないかと思ったが、表情はぴくりとも変わらない。

それがいっそう聡を悲しくさせる。同時に、腹が立った。

「俺がしたことで、健一さんが責任を取るんですか」

「そうだ」

くちびるはほとんど動かない。聡は部屋の奥を覗き込んだ。

たむろしている男たちはみんな、ピリピリと気が立っている。

「できることは何もない。帰りなさい」

冷たく言われたが、簡単に引き下がれるはずもなかった。一歩、前へ出る。

「高橋さん。俺は頼まれたから、何かをするわけじゃない。望まれたから、応えるわけでもない」

まっすぐに見つめると、高橋の目の奥が淀んだ。真実を隠していることは知っている。大人を演じる年長者たちが、どんな嘘をつくのかも理解していた。

嘘はすべて、本音と建前を使い分けるためだ。そして、年少者をコントロールしようとする。

実の母親は『暴力』で、実の父親は『無関心』で、そして義理の母は『抑圧』で、建前を振りかざして本音を隠し、聡を欺《あざむ》いた気でいた。

幼く未熟だと思われていた聡が、それぞれの中にある本音を嗅《か》ぎ分けていたと、彼らが知る日は来ない。

「俺自身のために来たんだ」

「責任は大人が取る。君はきっかけを作っただけだ。気に病むことはない」

「高橋さん、嘘をついてますよね。本当は、健一さんが俺を捨てた理由だってわかってるはずだ。あの人に必要なのは、俺だよ。わかってるのに、何で……」

「改めて時間を作るから」

「嘘だ」

間髪入れずに答え、聡は両手の拳を握りしめた。強い怒りがこみ上げて、知らず知らずのうちに高橋を睨んでいる。

「ここは、君のような子どもが来る場所じゃない。自己承認を得たいなら、別の場所でやってくれ」

高橋は居丈高《いたけだか》にあごをそらす。戸部が止めてくるのもかまわず、聡は詰め寄った。

「間違ってるのは、健一さんだ。高橋さんは、あの人が大事じゃないの?」

「……大事だよ。だから、君を拾ってあてがっただろう。社長はもう満足したんだ。抱き飽きたんだ、わかれよ」

「嘘ばっかり。みんな、みんな、嘘ばっかりだ」

ほかの男たちが聡に気づき始め、チラチラと視線が向けられる。察した高橋が、視線から隠すように動く。戸部と金田も壁になった。

「帰れ。もう、本当にダメだ」

金田に腕を掴まれる。ぐいっと引かれたのはケガをしていない方の腕だったが、聡はわざと大げさに痛がってみせた。

怯んだ金田の手から力が抜ける。

そのとき、バンッと大きな音がした。人垣の向こうでドアが開く。

一瞬静まりかえったフロアに、

「誰か、裁断機持ってこい！」

健一の怒鳴り声が響き渡る。ハッとした高橋が振り返り、聡は周りを見回した。

「やべぇ」

戸部がくちびるを押さえてあとずさる。

「そんなことは、誰も言ってないだろう！」

年季の入ったガラガラ声が、隣の部屋の中から遠く聞こえた。

「うっせぇんだよ！　誠意を見せろってんなら、指の一本や二本、いってやらぁ！」

健一が怒鳴り返す。裁断機を巡って揉み合いになる音が響き、書類が舞い上がる。

「高橋！　氷、持ってこい！」

「はいっ！」

条件反射で答えてしまった高橋の顔から血の気が引く。

ドアが閉まる乱暴な音が響き、部屋中がどよめいた。浮き足立つ雰囲気の中で、金田と戸部が高橋に取りすがった。

「マジで、持って入った？」

「社長が指詰める理由ないでしょ！」

ふたりにすがられた高橋は肩を引いて逃れた。

「……組長が止める。止めてくれる」

そう言いながら、ふらふらと歩き出す。言われるまま、氷を用意するつもりだ。裁断機で何をするつもりなのか。聡にもようやく理解できた。

「止められねぇだろ」

部屋にたむろする男たちのつぶやきが漏れ聞こえる。

「カシラが指を詰めたら、笠嶋が五人死んでも釣り合い取れねぇぞ」

「……組長、上にケンカ売るつもりじゃ……」

話が耳に入ったのか、高橋が氷をひっくり返すのが人垣越しに見えた。

部屋の中は、水を打ったように静まった。男が十数人もひしめき合っているのに、物音ひとつ聞こえない。

だからこそ、ドアの向こうから聞こえてくる怒鳴り声が生々しい。

聡は何も考えなかった。考えていたら、行動がついていかなくなる。いま一番大事なのは、健一の指だ。勢いだけで切らせるわけにはいかない。

「ちょっ、おまえ……っ」

戸部が驚きの声をあげた。

「えええっ！」

大声を張りあげる金田の手を振り払い、聡は服を脱いだ。下着も捨てて全裸になり、体格のいい男たちを掻き分けた。

細い身体を隙間に無理矢理押し込み、すり抜け、ドアへ走り寄る。

聞こえるのは、自分の息づかいだけだ。耳の内側でボワンボワンと響き、視界は極端に狭くなる。何もかもがスローモーションに思える中、ドアノブをひねってその向こうへ飛び込んだ。

意表を突きたかった。とんでもなく突拍子もないことをすれば、密室で行われている話し合いの流れを変えられるような気がしたのだ。物事の正否なんて考える余裕もない。健一のことだけを思い浮かべて、飛び込む。

部屋の奥には大きな重役デスク。壁には毛筆の額がかかり、棚に大きな木彫りが置かれている。

部屋のほとんどを占めているのは、大きなテーブルとソファだ。旧型の裁断機の前に、健一が座っている。ソファを埋める男たちが一斉に振り向いた。

あさはかだろうが、何だろうが、健一の自暴自棄を止めたい一心で聡は躍《おど》り出る。

自分の血の気が下がる音を、そのとき、初めて聞いた。ザアッと流れ落ち、そして、火を噴くように身体中が燃え立つ。

聡が感じたのは羞恥じゃない。怒りだ。激しい憤りで、全身の毛が逆立った。

不条理と理不尽が極彩色で入り交じり、聡はその場に膝を突いた。

「俺を殺してください！」

叫んだ声は、思うよりも大きくはっきりと響く。

聡は、上座にどんと座っている老齢の男だけに視線を向け、ほかの男は無視した。

「何だ、こいつは」

口を開いたのは、別の男だ。低い声は動揺を隠して、平静を装っている。

「殺しても損になるなら、身体で払います。どんなことをしても、償いますから！　この人の指を切らないでください！」

「おいおい、兄ちゃん。何を勘違いしてるか知らないけど、ここがどこか、わかってんのか？　ったく、何やってんだ。おまえらは」

別の男がやれやれと言いながら腰を浮かす。組長が指先で止めた。そのまま、出入り口でざわめいている男たちに視線を送り、ドアを閉めさせる。

部屋の中に静寂が広がると、聡はまた自分の憤りを持て余した。

自分を捨てた男が憎いのかと思ったが、そんなことはない。ただ、大人たちが我が物顔で振りかざす『嘘』に耐えられなかった。母親も父親も継母も、聡の幸せを考えている振りをした。

そして、都合良く、聡を責めた。

こんなにおまえのことを考えているのに、どうして、思った通りにしないのか。

愚問の答えは単純だ。

『俺は、あんたじゃない』

言えなかったのは、愛して欲しかったからではなく、愛していたからでもない。彼らが振りかざす温情なんて、微塵も必要じゃなかったからだ。

聡の人生は最初から、自分だけのモノだ。

誰を幸せにして、誰を不幸にして、そして、誰のために生きるかだって、自分で決める。

相手がどう思うかなんて、それさえ、どうでもいい。

どうせ、嘘をつくのだ。怖いからと、大人は背中を向ける。

ミチ兄であった頃に一度は許した。だけど今度は逃がさない。指を吸わせる程度の行為は味見かもしれないが、健一は聡を抱いた。あれを味見だとは言わせない。

両手を床に突き、聡はくちびるを引き結ぶ。

「どこの誰だ。健一、おまえの舎弟か」

上座を占める組長は、一見すると、年金暮らしの温和な年寄りに見える。でも、聡を見た視線は容赦なく鋭かった。

「……違います」

と、健一が答えた。

「じゃあ、赤の他人か？　金で払うと言ったな……。その身体、いくらになる」

「二束三文ですよ」

聡に代わり、健一が即答する。

「おまえがやれば、ほどほどになるだろう。上に支払うことになる金の足しにすればいい。……その前に、ちょっと遊ばせてやるのもいいな」

自分のあご先を撫でた組長は、目を細める。

「男とヤッたことのないヤツらに試させてやれ。なぁ、健一」

含みのある物言いだ。健一は短く息を吐いた。

「同郷のよしみで見逃した男です。カタギの学生ですから、勘弁してやってください」

「カタギの学生さんが、全裸で飛び込んでくるか？」

「よっぽど、ありがたく思ったんでしょう。すぐにつまみ出します」

億劫そうに立ち上がった健一が近づいてくる。腕を掴まれた瞬間、聡はその頬をぶっ叩いた。

「嘘つき！」

叫んだが、殴り返されることもない。黙って殴られた健一に引きずられ、足へしがみつく。

「捨てたって、離れないから！　離れるなら、死んでやる！　健一さんじゃない男に犯されまくって、不幸のドン底で死んでやるから！」

「……出ていけ」

蹴り飛ばすこともせず、健一は苦しげに息をついた。聡は必死になって喚く。

「嫌だ。絶対に嫌だ。ここから出したら、手当たり次第にヤるから！」

「好きにしろ！」

健一が怒鳴る。

「好きですするんじゃない！」

間髪入れずに叫び返す。

「男が欲しくてヤるんじゃない！　嫌なんだから、不幸だ。あんたのせいで、不幸になるんだ！」

健一の動きがピタリと止まる。肩がふるふると震えた。

「くっそ……。ガキのくせに。てめぇなんか、豆腐の角で頭打って死ねよ……くそ」

感情を押し殺した健一の声に、ぶふっと吹き出す音が重なった。

聡と健一がそれぞれ振り向くと、ソファに座った男たちは揃って携帯電話を構えていた。真正面に構えた組長も例外じゃない。笑いをこらえ、動画を撮っている。

「おまえが笑うからだぞ」

「組長も笑ってるじゃないですか」

携帯電話を構えていられなくなった組長と幹部たちは、腹を抱えてゲラゲラと笑い出す。

健一のこめかみに青筋が立ち、ヒクヒクと引きつった。

「この動画を持って、おまえの師匠に頭を下げてやる。菊川会との間に立ってくれるはずだ」

組長が笑いながら言った。

「金じゃ動かない人だが、おまえの痴話ゲンカの映像なら喜ぶだろう。人が悪いからな」

「痴話ゲンカじゃない……」

苦虫を噛みつぶしたような表情の健一が忌々しげに否定したが、ソファに座る男のひとりが笑い飛ばした。顔の前で手を振る。

「全裸の男にしがみつかれて、蹴り飛ばさないおまえなんかありえない。あー、笑う。写真も撮っとこう」

俺も俺もとシャッター音が響き、舌打ちした健一は膝立ちになってジャケットを脱いだ。聡の身体を包む。

「健一ぃ。おまえのイロじゃないなら、一発貸せよ。そういう清潔そうなので、ストレス発散してぇわ」

固太りの男がなおも囃し立てたが、組長に止められる。

「からかうのは、その程度にしておけ。仕返しがエグいぞ」

彼が腰を上げると、周りも一斉に席を立つ。

「健一、改めて紹介しろよ」

言い残した組長を先頭に男たちはぞろぞろと部屋を出ていく。その中で、囃し立てていた幹部が、健一の顔色をうかがった。

「……冗談、だから……な?」

「もういい。さっさと行って」

手を振って追い払い、ドアが閉まるのを確かめた健一は、聡のそばに座り込んだ。片膝を立て、腕を投げ出す。

苛立ちが全身を覆い、ピリピリとしたムードだ。

「……誰に脱がされた？」

「自分で」

「は？」

健一を止めるため、丸裸の聡が押し込まれたと思っていたのだろう。唖然とした表情になり、がっくりと肩を落とした。

「バカ」

つぶやくような声には安心した響きがあり、聡の胸に刺さる。あれほど燃えていた怒りが、シュワシュワと音を立てて鎮火していく。胸が切なく痛い。

「……この傷は？」

健一の指が腕の内側を示す。

「あぁ、点滴を引き抜いちゃって……。家にいたら熱中症になってたみたい」

「何やって……あぁ、もう……」

うなだれたまま、健一はなかなか顔を上げない。聡が覗き込もうとすると、目玉だけがぎろりっと動いた。

聡は真面目に答える。

「死んでやろうと思ったんだよ。健一さんに捨てられたから。理由はわからないし、勝手過ぎるし、あてつけに死んでやろうと思った」

「あてつけ、かよ。ヤクザはな、自分勝手が服を着てるんだ」

「俺が死んだら、どうする？」

腕の傷を手のひらで隠して問うと、健一はそっぽを向いて答える。

「そんなこと、考えたくもない」

「でも、捨てられたら死ぬ。生きてる意味がない……」

「いままで、普通に生きてきただろう」

「……健一さんを知らなかったから。だから平気だった。俺を守ってケガをしてくれたミチ兄のような人と巡り会うことだけ、夢見てればよかったから」

言いながら、聡は手を伸ばした。夏生地のシャツは長袖だ。そっと触れる。

「もう出会ったのに、あきらめられない。……健一さんは、俺がいなくても生きていけるの？　思い出だけで、ほかの人とセックスして、さびしく生きていくの？」

「……さびしくはない」

「嘘つき。……うそつき、うそつき、うそつき」

子どものように繰り返して、健一の身体にしがみつく。手を首筋に回して、自分の方へ振り向かせた。

生まれて初めて、愛して欲しいと思った。

そして、生まれて初めて、人を愛している。

「そうやって、自分に嘘をついてる」

聡がキスをしても、健一は身じろぎもしなかった。目も閉じない。かといって、硬直しているわけでもなかった。

「聡。おまえは自分を知らない。……俺といると、おまえの悪い部分が出てきて、いつか、おまえ自身を苦しめる。そのときが来ても、俺は……」

続きを口にせず、健一の視線がそれた。

聡はあれこれと想像を巡らせる。責任が取れないのか。それとも手放せないのか。どんな答えも、聡にとってはたわいもないことだった。

「健一さん、自分のことばっかり。……勝手だ。俺のことを子ども扱いして。あんないやらしいことを教えたくせに」

「一番、後悔している」

真剣な声は本気だった。聡の胸の奥はまた、北風が吹いたように寒くなる。凍えそうになって、健一の肩へ顔を伏せた。

「俺の悪い部分って、何？」

尋ねると、健一はため息をついた。言葉を探すような沈黙が過ぎ、答えが返る。

「こういうところだろ……。おまえは暴力的で、刹那的だ。俺に犯されても平気そうだったし、山本のことも平気で殴った。ヤクザの中に真っ裸で飛び込むし」

「平気じゃないよ。ただ、健一さんが絡むと、そうなのかな。いろんなことに説明がついて、平気になる」

「いいことだと思うか」

「……悪いの？　気にし過ぎだよ」

聡はかすかに笑った。叱られないうちに、健一の背後へ逃げる。ジャケットが落ちたが、気にせずに腕の下へ手を伸ばす。胸に腕を回して抱きつき、背中にぴったりと寄り添う。

「責任を取れ、なんてね。言わない。この先、どんなことがあっても、俺は健一さんが好きだ。後悔することもない」

「おまえは何も知らないから、そんなことが言えるんだ。俺がどんな気持ちになると思う。……おまえを苦しませたくない」

「この二日間が、人生で一番の地獄だった。これ以上はないと思う。俺ね、本気で『死んでやる』と思ってた。そうしたら、健一さんが傷つくから。取り返しのつかない後悔をさせてやろうって考えてた。でも、何だかわかった。……俺が一緒にいると、ダメになるのは、……健一さんなんだね」

「……わかってくれ」

手のひらが重なって、指が絡む。目の前にある健一の耳を見つめ、聡はそっとくちびるを押し当てた。舌で裏側を舐めて、骨を甘噛みする。

二日間、苦しみ抜いた悩ましさの答えは、あっけないほどに簡単だ。けれど、そういうものほど見えないのだろう。

男同士じゃなくても、人間がふたり、思いやって生きることは難しい。

「理解はしたけど、離れてはあげない……。好きなんだよ。……健一さんのことを、俺が不幸にするんだとしても、生きている限りはそばにいたい。……だめ？」

ぎゅっとしがみついて、うなじに頬をすり寄せた。

「俺のこと、嫌い？　本当に、誰とセックスしてもいい？」

甘く悶えるように身を寄せると、健一が身をよじった。腕を引かれ、あっという間に、膝へ引きずり上げられる。横抱きにされた姿勢で首に腕を回した。

くちびるが重なり、息もできないほどのキスになる。

「んっ……はっ、健一、さんっ……」

「ガキが」

苦しげに言われ、聡は目を細めた。

「……もう、二十二だ。そんな言葉で、嘘をつかないでよ」

ささやくと、健一の眉根にいっそう深いしわが刻まれる。

「俺は、おまえが、怖い……」

絞り出すような真実は、男に痛みを与えるのだろう。一方で、聡には甘い愛の告白だ。頬に指を滑らせると、キスが範囲を広げた。頬やあご先、うなじに伝う。

「んっ……、あ、あっ……」

身体をのけぞらせた聡は、自分の股間を押さえた。その指をこじ開けるように、健一の指が動く。

「聡。ずっと、待ってた。おまえが大人になって、俺の何もかもを奪っていくのを。……俺は、待ってた」

「……っ、あぁっ」

指が絡まり、いやらしく握られる。足先が快感を思い出し、床をなぞるように動いた。

「もう、いい。全部、持っていけ。おまえが欲しいなら、俺の苦痛も不幸も、くれてやる」

「あっ、あ……っ」

先走りの滲む先端を、指先がぐりぐりと刺激する。

「その代わり、俺はしつこいぞ」

いやらしいささやきに、聡の下腹部が波を立てた。育てあげられた昂ぶりは、握りしごかれ、水音を響かせる。

「……好き」

聡は、喘ぎながらのキスに交ぜて、健一を誘惑した。絡みつく腕の中に、大人はそれとわかっていて落ちてくる。

もう二度と離さない。身を引くことは許さない。

聡は目を閉じて、健一をいっそう強く抱き寄せた。


射精まで促された聡は、頃合いを計った高橋が投げ込んだ服を着せられた。健一に肩を抱かれながら、部屋を出る。

すでに組長や幹部は消えていたが、ところ狭しと肩を寄せ合う男たちはそのままだった。

組長室の中で、コトが始まるのではないかと期待して待っていたのだろう。わざと素知らぬ振りをするから、一目瞭然だ。健一は彼らを睨みつけた。

その視線だけで彼らは、肩を抱かれている若い男をからかってはいけないと察する。サッと道を開けた。

明らかに年長の男もいるが、健一がこの組のナンバー2だ。権威の高さは疑いようもない。

高橋の運転する車に乗り、聡は健一のマンションへ戻った。道すがら、ハンドルを握った高橋が笑う。

「全裸を見たときは、どうしようかと思いました。頭がおかしくなったのかと……。まだマトモですよね？」

真剣に言われ、聡は消え入ってしまいたい気分で背を丸めた。

隣に座った健一からの視線もいたたまれない。

確かにおかしくなっていた。健一が指を落とすなんて、絶対に嫌だったからだ。

「こいつは、ヤバいって言っただろ……」

軽薄な口調で言った健一が、拳で肩を押してくる。されるに任せてドアにもたれた。

「せっかく俺が……」

あきらめてやったのに。

そう言われるのではないかと感じて、聡は眉根を引き絞った。

「逃げたのに……、だよね」

顔を向けずに言うと、車内の空気がどんよりと悪くなる。

聡は気にしなかった。

「俺のためなんて、嘘だ。大人なんて、みんな、嘘つきで自分勝手だ。……ミチ兄が俺を欲しがってることなら、わかってた」

でも、言葉を知らなかった。

性欲も、恋も、愛も、信頼さえ、どんなものなのか知らなくて。苛立っていた大人の心の内さえ、手探りで感じていた。

ミチ兄はさびしい人だった。

一緒にいてくれと言えず、孤独が辛いとも言えず、聡を突き放すことでしか自分を表現できなかったのだ。

「子どもに興味はない」

健一が煙草を手に取る。火をつけずにもてあそぶのを、聡は目で追った。健一に向かって言う。

「セックスなんて、後付けだよ。……『ひとり』と『ひとり』が一緒にいるから『ふたり』なんだよ？　そんなことも知らないの。だから、ずっと独りなんだよ。……独りが平気じゃないくせに」

「平気だっつーの。いままでだって、ずっとそうだったんだ」

「……指、切らなくてもよかったんだよね」

冷たい声で問いただす。あれは、健一が暴走しただけだろう。

「おかしいのは俺だけじゃないよ。健一さんだって、後先考えてないだろ。指なんか、切ってどうするんだよ。結局、すぐに病院へ行って、縫い付けてもらうんだよね？　意味、ない」

「ケンカ売ってんのか」

健一の声が鋭くなる。

「買うの？」

聡は物怖《ものお》じせず、キリッと振り向いて睨み返した。

「今度、俺をひとりにしたら、絶対に死んでやるから」

「……死なれたら困ると思ってんのかよ」

健一の声が、先細りに小さくなる。そして、つぶやいた。

「こえぇな……。若いって……」

「本当ですね。怖いですね」

運転席の高橋が、しみじみとあいづちを打つ。

「だけど……、聡くんはもう、子どもじゃないですね。立派にひとりの男ですよ」

「危なっかしいんだよ。大人になった方が危ない……、おまえは」

振り向いた健一の視線が、聡の頬を撫でるように揺れた。伸びてきた手に、指を掴まれる。

ぎゅっと強く握り返す。

「俺よりはマシか」

笑った健一は、眩しそうに目を細めた。翻弄されて弱りきった男の顔は、苦み走っていっそう色気が強い。

聡は黙って見つめ返した。

マンションの部屋に帰り着き、高橋が淹《い》れてくれたコーヒーを、ダイニングテーブルで飲んだ。椅子にもたれかかった健一は気怠げに見え、みっつ目のボタンをはずしたシャツの胸元がいやらしい。

聡は落ち着きなく、視線をさまよわせ、濃い香りのコーヒーを口に含む。

「なぁ、聡」

いきなり声をかけられ、びくりと背筋を震わせた。健一の視線は無人のリビングへ向いている。横顔は引き締まっていて男っぽい。

「セックス、するか」

振り返った目に浮かぶ、むせかえるような情欲の濃さに、聡はごくりと生唾を飲み込む。高橋はすでにいない。ふたりきりだ。背筋が震え、腰がわななき、太ももが焦れる。

「する……」

うなずいて立ち上がった。Tシャツを脱ぎ、ハーフパンツと下着も下ろす。

椅子に座った健一の前に立ち、スラックスからシャツを引きずり出した。

ボタンをはずし始めると、腰に指が這う。傾いだ胸にくちびるが押し当たり、ぞわぞわと粟立つ肌をたどられる。

「こんなに乳首を勃起させて……、エロい」

「んっ……ゃ……」

両手でこりこりとしごかれ、聡は身をよじった。焦れったいような気持ちよさが腰の辺りを覆い、膨らみ始めていた性器が首をもたげる。

「自分でも、いやらしいと思うだろ。乳首をいじられて、こっちもプルプル震えてる。自分でしごいてみろ」

「ん……」

言われるがままに両手で握りしめた。さりげなく隠しながら、皮を引き下ろして肉を剥き出しにする。すぐに硬くなり、手では隠しきれない大きさに育つ。

健一が見ていることに気づき、聡は腰を引いた。逃げることは許されず、腰裏を引き寄せられる。

視線が艶かしく絡まり合い、聡は熱っぽく吐息を漏らした。健一の指が乳首を弾き、くちびるがキュッと吸いついてくる。舌で舐め回されながら、聡は、硬くなったものを手でしごいた。

「あっ……は……、んっ」

舐められているのは乳首なのに、亀頭まで敏感になってくる。先端の割れ目から溢れた透明な汁を、健一の人差し指にすくい取られる。

躊躇せずに口に含んだ健一は、味を確かめてほくそ笑んだ。何も言われないのが卑猥で、聡の羞恥を煽る。

「……ん……」

ぞくっと肌を震わせると、健一の指の腹が亀頭を撫でた。

ぬるぬると動き回る。やがて一本から二本になり、二本が手のひらに変わる。親指と人差し指で亀頭をこねられ、指の輪でカリ部分を刺激されるともうダメだった。聡はもう腰砕けだ。

「健一さん……っ」

腕を引かれ、テーブルに押し倒された。高級なコーヒーカップはソーサーごと宙を飛び、左右の床に落ちていく。後始末をする無表情な高橋が脳裏をよぎったが、察した健一に顔を覗き込まれてすべてを忘れた。

腰を引き寄せられ、身を起こして健一のベルトをはずす。その間も、くちびるは離れない。

息づかいが大きく乱れ、ぬめった肉片が頬の内側を這い回る。

互いの舌先を求め、スラックスと下着を脱いだ健一は靴下も剥ぎ捨てる。聡を引っ張って立たせ、手を突くように背中を押してくる。従うと、腰を引かれた。

「あ、あっ……」

止める間もなく、両尻を掻き分けられる。身構えた場所に息づかいが当たり、すぼまりに熱い舌が這う。

「……あぁっ……」

聡は思わず声をあげ、テーブルへとすがる。

たまらなかった。苦み走った健一の顔が自分の尻に埋もれ、そして、舌で慣されていると思うと、倒錯的に興奮する。

「そんな、したら……」

すぼまりが舐めほぐされ、舌がねじ込まれる。繰り返されるたびにほどけていくのがわかった。聡が意識を向けると、閉じたり開いたりを繰り返して、いっそう恥ずかしい。

「んっ、は……っ」

聡の膝がガクガク震えたが、健一はやめなかった。執拗に舌を這わせ、外側も内側も舐め尽くす。

淫らな音を聞かされる聡の肌は熱を帯びた。健一は自分の指を根元からねっとりとしゃぶり、突き出した腰の中央に埋めた。指先でほじられ、息が詰まる。

「あ、あぁっ……！」

耐えきれなくなり、聡は身体を起こした。逃げようとしたが、指は抜けることもなく追ってくる。ねじ込まれると、聡の内壁が身悶えた。

「そんなに噛みしめるな。興奮するだろう」

くいくいっと動く指で、敏感な肉を掻き回される。背中から抱かれ、同時に乳首も刺激される。キュッとつままれ、聡の踵が浮く。

「や、だっ……あぁっ」

「欲しかったんじゃないのか？　こうして欲しくて、たまらないんだろう」

男の低い声に責められる。

聡は頭を振って否定した。テーブルに両手を突き、乳首への愛撫に合わせて、はぁはぁと息を吐く。

おもむろにうなじを舐められ、身体がビクンと跳ねた。

「うっ、く……ぁ」

「好きなんだろ。ここを、こうやって、ほじられると……女みたいな声が出る……」

「ふっ……、んんっ」

くちびるを引き結んで声をこらえる。でも、快感は募るばかりだ。健一の指を食んだ場所は火照っていた。

燃えるように熱く、じんじんと脈を打っている。

腰をよじらせた聡は、くちびるを震わせ、

「指、じゃな……ぃ。欲し、いの……ちがっ……」

振り向いたくちびるの端に、健一の舌が這う。

「挿れ、て……。もう、して、欲しっ……。健一さんで……して欲しい」

あからさまで卑猥な言葉をみずから口にした聡は、全身を赤く染めながらテーブルに突っ伏した。

「乱暴に、して……。乱暴に、して、いい……」

尻を突き出して求めると、健一は自分の唾液でモノを濡らした。すでに逞《たくま》しく成長しきっていた先端から溢れたガマン汁と混じり合い、肉と肉の摩擦がわずかに緩和する。

それでも、聡の求めるような動きにはならなかった。

ぐいっと押し開かれ、入ってきたと思うと引かれる。そしてまた、ぐいぐいとねじ込まれていく。

道は徐々に付いた。焦れているのは、ふたり同じだ。

息が乱れて弾み、掴まれた聡の尻も、食い込む健一の指も汗で濡れる。

「あっ……あっ、んっ……んっ」

聡はもう待てなかった。腰の裏が甘だるく痺れ、重ねた腕に額を擦りつけながら、腰を動かし始める。

「さと、し……っ」

「あぁっ……！」

ずくっと昂ぶりが奥を掻く。のけぞった聡の腰を、健一の腕が力強く引き寄せる。

「お、く……っ、入って、る……っ。あぁ、あっ……あ、あっ……」

一気に深度を増した繋がりに、お互いの理性が溶けた。

丁寧に押し込んでいた健一でさえ、たがはずれたように腰を振る。大胆な出し入れを繰り返すたび、ずりゅっ、ずりゅっと肉同士が絡み合った。激しい快感に翻弄され、聡は髪を振り乱す。

　健一の荒い息も自分の喘ぎにまぎれて聞こえ、胸の奥が掻きむしられる。息づかいでさえ、セックスをしているように揉み合っていた。

　聡の中におさまった健一が激しくピストンの動きを繰り返す。

「……ぁ、ひ……ぁ……あっ、んんっ……んっ」

「こんなに、ずっぽり呑み込んで、しわがなくなるまで広がってるのが丸見えだ。腰まで振って……。気持ちいいか、聡」

「い、い……。きもち、いっ……。お尻、動いちゃ……ぁ……んっ」

　大きなテーブルが床と擦れて音を立てる。

「あっ、やっ……」

　健一の胸が背中に押し当たったかと思うと、前に手が伸びた。拒む聡の指を振り払い、健一の指が絡む。

「い、っちゃ……ッ」

　淫らな指にしごかれると、ひとたまりもない。息を喉に詰まらせ、爪先立った聡は全身を痙攣させた。

　しごき出された精液が床に飛び散る。

「あ……っ、ん……」

肩で息を繰り返す聡は、射精の余韻に支配された。身体から力が抜けて放心しそうになる。

健一は、その身体から肉杭を抜き、聡をテーブルの上に横たわらせた。足を開きながら仰向けにして、腰を引き寄せる。

「んっ……」

「ちょっと我慢してろ」

言われた意味がわからないまま、聡はふたたび健一の男の部分を受け入れた。

ずっくりと差し込まれる衝撃に背を反らし、片手でテーブルの端を掴む。

「あぁっ……っ！」

健一の動きにはもう容赦がなかった。深々と差し込まれた性器はのたうつように動き回り、まるで聡の身体を内側から食い破るように奥を突く。

肉が擦れ合う動きはすべて悦を伴い、聡は息もできずにのけぞる。声をこらえようとか、相手を気持ちよくさせようとか、余計なことを考える余裕はなかった。

ただひたすらテーブルの端に掴まって呼吸を継ぐ。それさえ、健一の動きに翻弄された。

「聡……っ」

唸るような健一の声が、熱っぽく聡を呼ぶ。

快感を刻みながら昇っていく男の顔は、悦楽の涙で滲んで、よく見えない。だからこそ、声に混じる愛情の強さがわかる。

激しく揺さぶられながら、聡は最後の瞬間が来るのを惜しく思う。永遠に来なくてもいいと思いながら、快感に乱され、全身を強ばらせて健一を見つめた。

「出すぞ……っ」

健一が呻いた。それからもうしばらく揺さぶられ、やがてぴったりと腰が塞がれた。

聡の身体の奥に、熱が注がれる。それは愛欲の固まりだ。互いを受け止めた関係でしか感じ合えない、ドロドロとした欲望の濁りが聡を内側から犯していく。

「あああっ……っ。い、く、いくっ……」

聡の腰がビクッと跳ね、内ももが痙攣する。

「イけよ、イけ……」

ぎゅうぎゅうと締めあげられた健一は、奥歯を噛む。男くさい眉根を引き絞った。

聡はのけぞりながら、目を閉じる。まぶたの裏に見えたのは、キラキラと輝く白い世界だ。

この世界を見るために生きてきたのだと、心の底から思う。

ひとりでは見られない悦楽の果てを、健一と見るためだけに、高台からの夕焼けを頼りにしてきた。

「あぁっ……」

感嘆の吐息を最後に、意識が薄れる。

「聡……？　やべぇ、熱中症……」

腰から杭が引き抜かれ、出された体液が逆流していく。全身をテーブルに押し上げられた聡は、焦って高橋を呼びつける健一の声を聞いた。

心配されていることが、ただ純粋に嬉しかった。

＊＊＊

北林組と菊川会の間に勃発しかかっていたいざこざは、ふたつの組を管轄する創生会のさらに上、大滝組の幹部に促されて無条件の『手打ち』となった。

何とかして健一の足を引っ張ろうとする笠嶋もさすがに黙るしかなく、山本はまた行方を晦《くら》ませた。今度は本物の行方不明だ。本人が身を隠しているわけじゃないと、聡は知っていた。

ヤクザに売られた元カノジョの噂が出回ったのは、期末試験が終わった頃だ。真実を聞きたがる野次馬のやりとりがＳＮＳを行き交い、人脈とノリで生きてきた山本のゴシップは、格好の噂話として消費された。

聡はもちろん、それらの話から距離を置いた。どこからともなく、聡が借金の保証人になった話も掘り出されたが、ヤクザに売られたとは思われていない。男であるというだけで、見えなくなる事実もあるのだ。

「すごいね。新鮮そう」

発泡スチロールの箱を覗き込んだ聡の隣では、サングラスをかけた健一があくびを噛み殺している。爽やかさが欠片もなく、朝の光にくたびれて見える。

「眠い」

不機嫌な声が一言、答えた。

漁港で開かれる、週末の朝市だ。敷き詰められた氷の上に並んだ魚は、どれもみずみずしい。

「イサキが良さそうですね。社長、アクアパッツァと海鮮パエリアでどうですか」

誰よりも熱心に物色している高橋が言った。

今日から数日、海沿いの家を借りて過ごすことになっている。昼過ぎから健一の舎弟が集まり、夏の慰労会をするのだ。

料理はもちろん高橋が担当する。

「どうでもいいし、聞かれてもわからない。眠い……」

買い出しに同行する気のなかった健一を引っ張り出したのは聡だ。

「ふたりで適当に買ってこい。俺は向こうにいる」

そう言って離れていく矢先から煙草を取り出している。

あきれて肩をすくめながらも、聡は眩しく背中を見送った。幅広のパンツにだらりと着たシャツ。足元が雪駄《せった》でも、それなりに雰囲気がある。

「よくついてきたと思いますよ」

イサキを買った高橋が言う。すでにパエリア用のエビや貝に目星をつけてあるらしい。移動しながら、

「昼に始めても、夕方から参加するような人だから」

「悪いことしたかな」

「嫌なら来ないよ。それより、食べてみたい魚はある？　リクエストに応えるよ」

「うん……。俺は高橋さんの腕を信じてるから。……ちょっと様子を見てくるね」

健一が離れると、途端に気もそぞろになる。高橋は目を細めて笑った。

「どうぞ、どうぞ。その方が機嫌も良くなる」

笑って送り出され、小走りに健一を追う。

市場から離れた港の端で、転落防止のコンクリートに座った健一が軽く手を振っている。煙草を吸うのはやめたのだろう。そばに近づくと、磯に散らばる釣り人が見えた。

「健一さんって、刺青《いれずみ》入れてないよね。どうして？」

潮の匂いを含んだ朝風は、涼しく吹き過ぎる。日差しはすでに強く、波頭は白く輝いていた。

「入れたら、ビデオを撮るときに邪魔なんだよ。裏は特に、特定されると検挙されやすい」

「……へぇ、なるほどね」

あいづちを打つ聡の腕を、健一が引いた。足元に座ると、ちょうどよく健一の影がかかる。

「健一さんだって暑いのに」

「おまえの方が、よっぽど体力がない」

「それは……、寝かせてくれない人がいるからだよ」

抱えた膝頭に頬を乗せて振り仰ぐ。サングラス越しに見つめられ、聡はくちびるを尖らせながら手を伸ばした。

サングラスを奪うと、健一はいっそう渋く、顔を歪める。聡の胸はにわかにときめき、打ち寄せる波の音に合わせたように感情がざわめく。

眉根を引き絞った健一は不機嫌そうに見えた。聡に対する感情の置きどころを、この期に及んでまだ悩んでいる。

「健一さん、好きだよ」

脈絡なく言うと、いっそう厳しい表情になった。

驚いても、戸惑っても、困惑しても、健一の顔は印象がきつくなるだけだ。本人と周りが言うには『職業柄』らしい。

甘く見られたり、舐められたりしてはいけないのだ。

自分のくちびるに手を運んだ健一は、煙草を挟んでないことに気づく。ふっと視線が強ばり、指先がゆっくりと聡に近づいた。

「……吸えよ」

人差し指がくちびるを押してくる。

聡はちらりと指を見た。男の指は骨張っている。分厚い爪は、短く切り揃えられていた。昨日の夜も、卑猥な動きでいじられ、息も苦しいほど泣かされたばかりだ。

「嫌だ」

ツンと答えて、目の前の指を握りしめた。健一が、ぽかんと口を開く。誰が見てもみっともない、力の抜けた表情だ。聡は笑って舌を出した。

「健一さん。俺はね、もうあの頃のことを忘れかけてる。ずっとね、大人になれば、何かが変わると思ってた。何かを変えたいって思ってた」

「……そんな大人になれそうか」

指を握らせたまま、健一が眩しげに微笑む。

日差しが強いからじゃない。そうじゃないだろう。

「なれそうもなかった。何をしても楽しくないし、どこにいても自分の場所じゃないと思ってた。だからね、やっぱり、俺はあんただけを探してたと思う。……あのときからずっと、幸せにしてあげたいと思ってたよ」

「は……？」

健一はやっぱり驚いて、拍子抜けした声を出す。

「大切にするね。もう絶対に、離さないから」

「ちょっと、待て。おかしいぞ」

「おかしくない。俺が変えたかったのは、ミチ兄の人生だ。俺を踏みにじって、すっきりしたらいいのになって、心のどこかで思ってたかも……しれない」

「そういうところだ。そういうところが、俺は怖いんだ」

昔からずっとだろう。介入すれば関係が生まれ、聡の中の薄暗いものに巻き込まれることを、ミチ兄は恐れていたのだ。

「俺は何も怖くない。俺を大人にしたのは、健一さんだよ。……身体も」

「……あの、な」

聡を黙らせて置いて、健一は沈黙する。言葉なんて探せるはずがない。いま言えることは、たったひとつだ。

「健一さん。俺のこと、愛してね。たっぷり、たくさん……。もう、子どもじゃないから」

「……おまたせ、みたいに言うなよ」

がっくりとうなだれた健一の肩が揺れる。笑いながら聡の手を引き寄せて、人差し指を選び出す。そっと爪の先にキスをされて、聡は肩をすくめるように息を呑んだ。

「聡。俺はおまえのものだ。存分に、いやらしくしてやる」

視線が絡んで、身体の内側が燃える。見つめ合うふたりの間にあるのは、繰り返した交淫のすべてだ。

あの頃には微塵もなくて、いまはあるもの。

黄昏《たそが》れていく時間の中で、互いが求め続けていた愛情のやりとりだ。

「俺のこと、愛してるって、言ってよ」

聡はぼんやりしながらささやくように言った。

本気の一言を求められ、大人はたじろいで身構える。聡は微笑んだ。

「ね？　もう、なんにもこわくないから、ね」

大人になったばかりの余裕で、愛しい男を誘い込む。腕の中に、心の中に。

それは、もう永遠に離れないふたりでいるために。

健一は眩しそうに目を細め、眉根をほどいた。


【終わり】

# その後の舎弟たち

今年の夏は、すこぶる暑い。空調の効いた室内へ入ったが最後、夕方までの予定をすべて飛ばしたくなるぐらいの猛暑だ。

「やっぱり、社長の熱愛のせいですよね」

向かいに座った金田が、氷入りの麦茶を飲み干した。そのまま氷をガリガリと噛み砕く。

「そんなわけがあるか」

書類に目を通しながら高橋が答える。金田は、グラスを置いて身を乗り出した。

「ねー、高橋さん。あれはアレですよね。社長の方がぞっこんに惚れちゃってる。って、そういうことでいいんですか」

「尻に敷かれてるとでも言いたいのか」

高橋が軽く睨みつける。金田はひょいと肩をすくめた。拳の届かないところまで逃げていく。

「機嫌が良くって助かるって話ですよ。石本も吉谷も大喜び」

「おまえが一番、喜んでるくせに」

「そりゃまぁ、そうですけど。俺は、ふたりがアツアツ過ぎて心配っていうか……。ここだけの話、惚れたら社長がどうなるか、高橋さんは知ってたんですか？」

「あの人、情もかけないからな」

いままでを思い出しながら、高橋はテーブルの上へ紙の束を戻した。七月分の業務報告書と収支の内訳は、どれも表向きの書類だ。

「聡のヤツ、大丈夫なんですか。この前の慰労会のときも、あれ、夜通しですよね。社長の相手は女でもメゲるのに、あの調子じゃ、いくらなんでも」

「で、忠告でもしとけって？」

「いやぁ……、高橋さんしか言えないし」

金田の視線がそろそろと逃げていく。

健一がいままで特定の恋人や愛人を作らなかったのは、手元に置いておきたいほど惚れることがなかったからだ。代わりに、都合のいいセックスフレンドが何人もいて、そのときどきの気分で呼び出していた。すべて女だ。リストは高橋が管理し、呼び出しの連絡も行っていた。いまもまだ残してある。

聡との関係が危ういからではなく、対外的な偽装工作の必要があるからだ。組の若頭が若い男に惚れ込んでいるという噂はありがたいものじゃない。

「俺が言っても聞かない。できることは、聡くんに精のつく料理を出してやるぐらいだ」

高橋の言葉に、金田はケラケラ笑った。

「だから、そこ！　この前、聡が言ってましたよ。自分に出してくれるモノを社長も食べるってことに、高橋さんは気づいてないみたいって」

「……気づいている」

「うそデショー。高橋さん。いま、まずいって顔、してましたよ」

「うるさい、うるさい」

睨みつけた先から笑ってしまう。図星だ。そんなことは考えたこともなかった。

聡と食事をすると、健一はよく食べる。高橋にはそこが重要だ。しかし、聡よりも量が多いとなると、当然、精がついているのは健一の方だ。

「聡くん自身で、社長をコントロールしてもらうしかないな」

「そんなこと、大学生にさせますか？　プロの愛人クラスですよ」

笑いを噛み殺した金田が肩を揺する。

「じゃあ、どうするんだよ。俺がベッドの横で監視して、回数制限でもすればいいのか。『社長、今日はもう三発やりましたから』って？」

「やっぱり、それだと思う！」

「ふざけんな」

テーブルの上の書類を鷲掴みにして、金田に向かって投げつける。白い紙が宙に舞った。

「片付けとけよ」

立ち上がって、ぴしりと指をさす。ソファの背にかけた夏生地のジャケットを手に取った。

慌てもしない金田は「はーい」と気の抜けた声で返してくる。

高橋は苦笑いしながら事務所の出入り口へ向かった。ドアの上部についた磨りガラスに人影が映った。吉谷と戸部が入ってくる。

「今日の暑さは一段とひどいぞ。出かけない方がいい」

強面の顔を汗で濡らした吉谷は、シャツまでびっしょり濡れている。

「車で移動したんじゃないの？」

高橋が笑いながら声をかけると、

「その車が全然冷えないから、この体たらくだ。今日は死人が出る。高橋、おまえ、社長のピックアップ？　それじゃ、仕方ねぇな。足はどうすんの？」

汗を拭きながら吉谷が言う。

「社長の車ごとだから、表でタクシーを拾うつもりだけど」

「あー、それはダメ！」

叫んだのは戸部だ。冷蔵庫から出したばかりの缶ビールを吉谷に投げ渡し、

「まだ飲んでないから、俺が運転手やる。いまなら、まだ車の中、冷えてるから。麦茶だけ飲ませて」

いそいそと給湯スペースへ消えていく。戸部からビールを譲られた吉谷は、ごくごくと喉を鳴らして飲み、ぷはぁといいながら口元を手で拭う。

「やっぱり、あれだよなぁ。この暑さは」

吉谷がニヤニヤ笑い、高橋は嫌な予感がした。

「社長の、熱愛が……」

「なーっ！　だよなーっ！　それそれ！」

ソファセットの書類を片付けていた金田が意気揚々と声を弾ませた。

「高橋さん、あんたが言わねぇと」

吉谷にまで言われ、高橋はぐったりと天井を仰ぎ見た。そこへ戸部が戻ってくる。

「だいじょうぶ、だいじょうぶ。聡はあれでいて、すごいから」

「何が？」と吉谷が言い、

「見たのかよ」と金田が言う。戸部はきひひと笑って、片頬を引き上げた。

「見ーちゃった。なんだかんだって甘えて、うまく断ってた。末永くエッチしたいんだって、言ってたしな」

「おまえは、彼と何の話をしてるんだ」

高橋がじっとりと睨んでも、単細胞な戸部は気にもしない。

「いろいろ相談に乗ってるだけ」

「俺でいいだろ」

「言えることと言えないことがあるんじゃないの？　さすがにさー、喘ぎ声の大きさとか、高橋さんに言えないじゃん。俺に聞かれても困るんだけどさ」

「なんて答えたんだよ」と吉谷に聞かれ、戸部は胸を反らした。

「大きすぎないから大丈夫、って」

「なんだ、それ」

　金田がソファで笑い転げる。

「まぁ、社長が抱いていれば、だれだって、いい声出すに決まってんだもんなぁ、言えないけど」

「おまえにしては気を使ってるな」

　吉谷にからかわれ、戸部が顔を歪めた。

「あいつ、怖ぇんだもん。ある意味、ヤクザより怖い」

「数式を教えてくるもんな」

「この前は、日本史の年号の語呂合わせだった。……いくつか覚えちゃったし。キャバでの俺の扱いがよくなった。ありがたい」

「いいように使ってんじゃねぇか」

　吉谷も、金田と一緒になって笑う。肩をすくめた高橋は、小首を傾げながらため息をついた。

「戸部、行くぞ。その話、社長にするなよ。嫉妬で殺される」

「言わない言わない。俺は社長の忠実な舎弟だから」

　半袖のVネックカットソーを着た戸部が、自分の身体をぎゅっと抱きしめる振りをした。

　猛暑だろうが、熱波だろうが、ここにいる面々は、健一の機嫌が良ければそれでいい。聡には末永く、幸せなセックスのお相手をしていて欲しいと、そう願うばかりだった。

# あとがき

こんにちは、高月紅葉です。今回の作品は、電子配信されている短編『愛淫堕ち』に加筆修正を加えた極道・ヤクザものです。他社で長編ヤクザを書いているので、さも「ヤクザがお好きなんでしょう?」と思われがちな私ですが、現実と非現実の差を埋めるのが難しいと毎回嘆いています。そして、書くごとに、登場人物の組織が末端になっていくんですよね。

今回はついに三次団体です。台所事情が苦しそうで、涙なしでは語れません。もちろん、健一はそれなりに金回りがいいのですが、あのマンションも持ち家ではなく、色事師のお師匠が所有している物件を借りています。同じマンションの別室で暮らしている高橋も同様です。もちろん、相場の金額。ニコニコ現金払い。世知辛いです。

そんな世間の荒波に揉まれながら、今日も私の作品世界のアウトローたちは肩を寄せ合い、虚勢を張りつつ、意地と根性で生きています。どうぞ見守ってあげてください。

最後になりましたが、この本の出版に関わった方々と、読んでくださったあなたに心からのお礼を申し上げます。また次も、お会いできますように。

恋に落ちる直前
2019.4 Ciel

初出一覧



ダリア文庫をお買い上げいただきましてありがとうございます。
この本を読んでのご意見・ご感想・ファンレターをお待ちしております。


〒170-0013 東京都豊島区東池袋3-22-17　東池袋セントラルプレイス5F
(株)フロンティアワークス　ダリア編集部
感想係、または「高月紅葉先生」「Ciel先生」係


この本のアンケートはコチラ！
http://www.fwinc.jp/daria/enq/
※アクセスの際にはパケット通信料が発生致します。

# 愛淫堕ち —若頭に仕込まれて—


2019年 4月20日　第一刷発行

著　者
高月紅葉



発行者
辻 政英

発行所
株式会社フロンティアワークス
〒170-0013 東京都豊島区東池袋3-22-17
東池袋セントラルプレイス5F
営業　TEL 03-5957-1030
編集　TEL 03-5957-1044
http://www.fwinc.jp/daria/

印刷所
中央精版印刷株式会社